KB106526

여인
수난
시대

여인 수난 시대

발행일 2022년 6월 30일

지은이 강경애, 계용묵, 김동인, 김유정, 나도향, 나혜석, 백신애, 이상
펴낸이 손형국
펴낸곳 (주)북랩
편집인 선일영 편집 정두철, 배진용, 김현아, 박준, 장하영
디자인 이현수, 김민하, 김영주, 안유경 제작 박기성, 황동현, 구성우, 권태련
마케팅 김회란, 박진관
출판등록 2004. 12. 1(제2012-000051호)
주소 서울특별시 금천구 가산디지털 1로 168, 우림라이온스밸리 B동 B113~114호, C동 B101호
홈페이지 www.book.co.kr
전화번호 (02)2026-5777 팩스 (02)2026-5747

ISBN 979-11-6836-373-1 03810 (종이책) 979-11-6836-374-8 05810 (전자책)

한국 페미니즘
문학의 원류 8선

여인 수난 시대

강경애
소금
계용묵
백치 아다다
김동인
감자
김유정
소낙비
나도향
물레방아
나혜석
현숙
백신애
적빈
이 상
날개

수탈, 성착취, 가난의 삼중고에 시달리는
일제강점기 여인들의 고단한 삶.
당대 최고의 문인들이
8편의 소설에 그 실상을 담았다!

북랩

들어가는 글

우리는 여성의 권리가 정당한 인권이며, 페미니즘이 문화의 한 축인 시대에 살고 있다. 지금으로부터 약 백 년 전에는 어땠을까?

이 책에서는 당시 문학작품을 통해 그것들을 살펴보고자 한다. 이를 위해 사회적, 계급적, 성적 억압을 대변한 작품 8편(강경애의 『소금』, 계용묵의 『백치 아다다』, 김동인의 『감자』, 김유정의 『소낙비』, 나도향의 『물레방아』, 나혜석의 『현숙』, 백신애의 『적빈』, 이상의 『날개』)을 선별하였다.

『소금』은 가난해서 빚에 쫓기어 중국인 지주 팡둥의 소작농으로 살아가고, 이주해서도 중국 공산당과 지배층의 위협과 횡포로 두려움 속에 살아가는 봉염이네의 피폐한 삶을 생생하게 그려낸다.

『백치 아다다』는 선천적인 언어장애를 가진 여인 '아다다'가 물질적인 탐욕과 세속적인 가치를 추구하는 주변 인물들에 의해 희생되는 모습을 그린다.

『감자』는 가난한 집에서 태어났지만 바르게 자란 '복녀'가 환경에 의해 윤리 의식이 박탈되고 타락해 가는 과정을 그려낸다.

『소낙비』는 가난한 춘호가 돈에 대한 탐욕으로 아내에게 매춘 행위를 사주하는 모습을 그려낸다.

『물레방아』는 마을에서 가장 부자인 신치규와 그 집 움막에 사는 이방원 부부를 통해 계급 갈등, 가난과 상실의 문제, 인간의 탐욕과 본능을 적나라하게 드러낸다.

『현숙』은 카페 여급이자 모델로 활동하는 현숙을 통해 기만적인 남성들의 논리를 비판하고, 남성 중심 사회에서 근대적 여성상을 제시하고 성차별에 대한 혁신적 전환을 그려낸다.

『적빈』은 두 아들과 두 며느리, 손자까지 먹여 살려야 하는 매촌댁의 가난을 적나라하게 그려낸다.

『날개』는 무능력하고 반사회적인 남자와 매음으로 생계를 유지하는 그의 아내의 모습을 그려낸다.

이 책에 수록한 작품들을 통해 여성들의 수난을 이해하고, 사회 구조적 억압을 통찰할 수 있는 계기가 되었으면 한다.

2022년 여름

편집부

일러두기

1. 저작 의도를 살리기 위해 최대한 원문을 유지했다.
2. 오기가 확실하거나 현대의 맞춤법에 의거하여 원전의 내용 이해에 문제가 없을 정도의 선에서만 교정하였다.
3. 내용 이해가 어렵지 않은 정도의 띄어쓰기는 교정하지 않았다.
4. 원전에서 글씨가 잘 보이지 않아서 엮은이가 찾아 볼 수 없는 글씨는 굳이 추정하여 쓰지 않고 '○'으로 대체하였다.
5. 앞말의 반복을 의미하는 '々'는 가독성을 위해 해당 언어로 바꿔 주었다.
6. 문장이 끝나는 부분이 확실한 경우에만 마침표를 추가했다.

차례

1906. 4. 20.

강경애

1944. 4. 26.

1934

소금

一

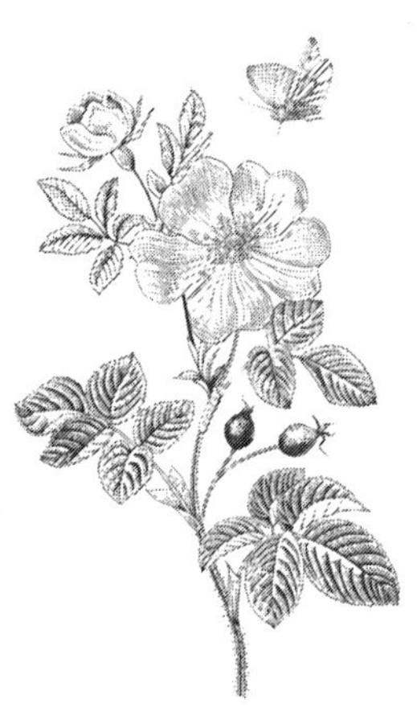

농가

용정서 팡둥(중국인 지주)이 왔다고 기별이 오므로 남편은 벽에 걸어두고 아끼던 수목 두루마기를 꺼내 입고 문밖을 나갔다. 봉식 어머니는 어쩐지 불안을 금치 못하여 문을 열고 바쁘게 가는 남편의 뒷모양을 물끄러미 바라보았다. '참말 팡둥이 왔을까? 혹은 자×단自×團들이 또 돈을 달라려고 거짓 팡둥이 왔다고 하여 남편을 데려가지 않는가?' 하며 그는 울고 싶었다. 동시에 그들의 성화를 날마다 받으면서도 불평 한마디 토하지 못하고 터들터들 애쓰는 남편이 끝없이 불쌍하고도 가여워 보였다.

지금도 저렇게 가고 있지 않은가! 그는 한숨을 푹 쉬며 '없는 사람은 내고 남이고 모두 죽어야 그 고생을 면할 게야, 별수가 있나, 그저 죽어야 해.' 하고 탄식하였다. 그리고 무심히 그는 벽을 긁고 있는 그의 손톱을 발견하였다. 보기 싫게 기른 그의 손톱을 한참이나 바라보는 그는 사람의 목숨이란 끊기 쉬운 반면에 역시 끊기 어려운 것이라 하였다.

그들이 바가지 몇 짝을 달고 고향서 떠날 때는 마치 끝도 없는 망망한 바다를 향하여 죽음의 길을 떠나는 듯 뭐라고 형용하여 아픈 가슴을 설명할 수 없었다. 그러나 불행 중 다행으로 이곳까지 와서 어떤 중국인의 땅을 얻어 가지고 농사를 짓게 되었으나 중국 군대인 보위단保衛團들에게 날마다 위협을 당하여 죽지 못해 그날그날을 살아가곤 하였다. 그러기에 그들은 아침에 일어나는 길로 하늘을 향하여 오늘 무사히 보내기를 빌었다.

보위단들은 그들이 받는 월급만으로는 살 수가 없으니 농촌으로 돌아다니며 한 번, 두 번 빼앗기 시작한 것이 지금에 와서는 으레 할 것으로 알고 아무 주저 없이 백주에도 농민을 위협하여 빼앗곤 하였다. 그러니 농민들은 보위단 몫으로 언제나 돈이나 기타 쌀을 준비해 두지 않으면 목숨이 위태한 것을 깨닫고 아무것도 못 하더라도 준비해 두곤 하였다. 그 동안 이어 나타난 것이 공산당이었으니 그 후로 지주와 보위단들은 무서워서 전부 도시로 몰리고 간혹 농촌으로 순회를 한다더라도 공산당이 있는 구역에는 감히 들어오지를 못하게 되었다. 그러나 시국이 바뀌며 공산당이 쫓기어 들어가면서부터 자×단들이 나타나게 된 것이었다.

그는 그의 손톱을 바라보며 몇 번이나 보위단들에게 죽을 뻔하던 것을 생각하며 그나마 오늘까지 목숨이 붙어 있는 것이 기적 같이 생각되었다. 그리고 남편을 찾았을 때 벌써 남편의 모양은 보이지 않았다. 그는 멀리 토담 위에 휘날리는 깃발을 바라보며 남편이 이젠 건너 마을까지 갔는가 하였다. 그리고 잠깐 잊었던 불안이 또다시 가슴에 답답하도록 치민다. '남편의 말을 들으니 자×단들에게 무는 돈은 다 물었다는데 참말 팡둥이 왔는지 모르지, 지금이 씨 뿌릴 때니 아마 왔을 게야. 그러면 오늘 봉식이는 팡둥을 보지 못하겠지. 농량도 못 가져오겠구먼.' 하며 다시금 토담을 바라보았다.

저 토담은 남편과 기타 농민들이 거의 일 년이나 두고 쌓은 것이다. 마치 고향서 보던 성 같이 보였다. 그는 토담을 볼 때마다 지금으로부터 사오 년 전, 그 어느 날 밤 일이 문득문득 생각났다. 그날 밤 한밤중에 총소리와 함께 사면에서 아우성 소리가 요란스러이 났다. 그들은 얼핏 아궁 앞에 비밀리에 파놓은 움에 들어가서 며칠 후에야 나와 보니 팡둥은 도망가고 기타 몇몇 식구는 무참히도 죽었다. 그 후로부터 팡둥은 용정에다 집을 사고 다시 장가를 들고 아들딸을 낳아서 지금은 예전과 조금도 차이가 없이 살았던 것이다. 팡둥이 용정으로 쫓기어 들어간 후에 저 집은 자×단들의 소유가 되었다. 그래서 저렇게 기를 꽂고 문에는 파수병이 서 있었다.

그는 눈을 옮겨 저 앞을 바라보았다. 그 넓은 들에 햇볕이 가득하다. 그리고 조겨 같은 새무리들이 그 푸른 하늘을 건너질러 펄펄 날고 있다. 우리도 언제나 저기다 땅을 가져 보나 하고 그는 무의식간에 탄식하였다. 그리고 그나마 간도 온 지 십여 년 만에 내 땅이라고 뭇을 짓게 된 붉은 산을 보았다. 저것은 아주 험악한 산이었는데 그들이 짬짬이 화전을 일구어서 이젠 밭이 되었다. 그러나 아직도 완전한 곡식은 심어 보지 못하고 해마다 감자를 심곤 하였다.

올해는 저기다 조를 갈아 볼까, 그리고 가녘으로는 약간 수수도 갈고…. 그때 그의 머리에는 뜻하지 않은 고향이 문득 떠오른다. 무릎을 스치는 다복솔*밭 옆에 가졌던 그의 밭! 눈에 흙 들기 전에야 어찌 차마 그 밭을 잊으랴! 아무것을 심어도 잘되던 그 밭! 죽일 놈! 장죽을 물고 그 밭머리에 나타나는 참봉영감을 눈앞에 그리며 그는 이렇게 중얼거렸다. 그리고 가슴이 울렁거리며 손발이 가늘게 떨리는 것을 깨달으며 그는 고향을

* 다복솔: 가지가 탐스럽고 소복하게 많이 퍼진 어린 소나무.

생각지 않으려고 눈을 썩썩 부비치고 정신을 바짝 차렸다.

그때 뜰 한구석에 쌓아 둔 짚 낟가리*에 조잘대는 참새 소리를 요란스러이 들으며 우두커니 섰는 자신을 얼핏 발견하였다. 그는 곧 돌아섰다. 방 안은 어지러우며 여기 일감이 나부터 손질하시오 하는 것 같았다. 그는 분주히 비를 들고 방을 쓸어 내었다. 그리고 군데군데 뚫어진 삿자리** 구멍을 손끝으로 어루만지며 '잘살아야 할 터인데, 그놈 그 참봉 놈 보란 듯이 우리도 잘살아야 할 터인데….' 하며 그의 눈에는 눈물이 글썽글썽해졌다. 아무리 마음만은 지독히 먹고 애를 써서 땅을 파나 웬일인지 자기들에게는 닥치느니 불행과 궁핍이었던 것이다. '팔자가 무슨 놈의 팔자야 하느님도 무심하지 누구는 그런 복을 주고 누구는 이런 고생을 시키고….' 이렇게 생각하며 그는 방안을 구석구석이 쓸었다. 그리고 비 끝에 채어 대구루루 대구루루 굴러다니는 감자를 주워 바가지에 담으며 시렁***을 손질하였다. 이곳 농가는 대개가 부엌과 방 안이 통해 있으며 방 한구석에 솥을 걸었다. 그리고 그 옆에 시렁을 매곤 하였다.

---

* 낟가리: 낟알이 붙어 있는 볏단이나 보릿단 따위를 쌓아올린 더미.

** 삿자리: 갈대를 엮어서 만든 자리.

*** 시렁: 물건을 얹어 놓기 위하여 방이나 마루 벽에 두 개의 긴 나무를 가로질러 선반처럼 만든 것.

그가 처음 이곳에 와서는 무엇보다도 방 안이 맘에 안 들고 도야지 굴이나 소 외양간같이 생각되었다. 그리고 어쩌다 손님이 오면 피해 앉을 곳도 없었다. 그러니 멍하니 낯선 손님과도 마주앉지 않으면 안 되게 되었다. 그러나 시일이 차츰 지나니 낯선 남성 손님이 온다더라도 처음같이 그렇게 어색하지는 않았다. 그저 그렁저렁 지낼 만하였다. 그리고 반드시 부뚜막 앞에는 비밀 토굴을 파두는 것이다. 그랬다가 어디서 총소리가 나든지 개소리가 요란스레 나면 온 식구가 그 움 속에 들어가서 며칠이든지 있곤 하였다. 그리고 옷이나 곡식도 이 움에다 넣고서 시재 입는 옷이나 먹을 양식을 조금씩 꺼내 놓고 먹곤 하였다. 말할 것도 없이 보위단이며 마적단 등이 무서워서 이렇게 하곤 하였다.

시렁을 손질한 그는 바구니에 담아 둔 팥을 고르기 시작하였다. 고요한 방 안에 팥알 소리만 재그럭 자르르 하고 났다. 팥알과 팥알로 시선이 옮아지는 그는 눈이 피곤해지며 참새 소리가 한층 더 뚜렷이 들린다. 동시에 저 참새 소리 같이 여러 가지 생각이 순서 없이 생각났다. 내일이라도 파종을 하게 되면 아침 점심 저녁에 몇 말의 쌀을 가져야 할 것, 오늘 봉식이가 팡둥을 만나지 못해서 쌀을 못 가져올 것, 그러나 나무를 팔아서 사라고 한 찬감은 사오겠지….

생각이 차츰 희미해지며 졸음이 꼬박꼬박 왔다. 그는 눈을 부비치고 문밖으로 나오다가 무심히 눈에 뜨인 것은 벽에 매달아 둔 메주였다. '참 메주를 내놓아야겠다.' 하며 바구니를 밖에 내놓고서 메주를 떼어서 문밖에 가지런히 내놓았다. 그리고 그는 비를 들고 메주의 먼지를 쓸어 내었다. 그는 하나하나의 메줏덩이를 들어 보며, '간장이나 서너 동이 빼고 고추장이나 한 단지 담그고…. 그러자면 소금이나 두어 말은 가져야지 소금….' 하며 그는 무의식간 한숨을 푹 쉬었다. 그리고 또다시 고향을 그리며 멍하니 앉아 있었다. '고향서는 소금으로 이를 다 닦았건만… 달이는 데도 소금 한 줌이면 후련하게 내려갔는데.' 하였다. 그가 고향 있을 때는 하도 없는 것이 많으니까 소금 같은 데는 생각이 미치지 못하였는지는 모르나 어쨌든 이곳 온 후부터 그는 소금 때문에 남몰래 운 적이 한두 번이 아니었다. 소금 한 말에 이 원 이십 전! 농가에서는 단번에 한 말을 사보지 못한다. 그러니 한 근 두 근 극상 많이 산대야 사오 근에 지나지 못한다. 그러므로 장 같은 것도 단번에 담그지를 못하고 소금 생기는 대로 담그다가도 어떤 때는 메주만 썩여서 장이라고 먹곤 하였다. 장이 싱거우니 온갖 찬이 싱거웠다.

끼니때가 되면 그는 남편의 얼굴부터 살피게 되고 어쩐지 맘이 송구하였다. 남편은 입 밖에 말은 내지 않으나 번번이 얼굴을 찡그리고 밥술이 차츰 느려지다가 맥없이 술을 놓곤 하는 때가 종종 있었다. 이 모양을 바라보는 그는 입 안의 밥알이 갑자기 돌로 변하는 것을 느끼며 슬며시 술을 놓고 돌아앉았다. 그리고 해종일 들에서 일하다가 들어온 남편에게 등허리에 땀이 훈훈하게 나도록 훌훌 마시게 국물을 만들어 놓지 못한 자기! 과연 자기를 아내라고 할 것일까? 어떤 때 남편은 식욕을 충동시키고자 고춧가루를 한 술씩 떠 넣었다. 그리고는 매워서 눈이 빨개지고 이맛가에서는 주먹 같은 땀방울이 맺히곤 하였다. '고춧가루는 왜 그리 잡수셔요.' 하고 그는 입이 벌어지다가 가슴이 무뚝해지며 그만 입이 다물어지고 말았다. 동시에 음식을 맡아 만드는 자기, 아아 어떻게 해야 좋을까? 이러한 생각을 되풀이하는 그는 한숨을 땅이 꺼지도록 쉬며 오늘 저녁에는 무슨 찬을 만드나 하고 메주를 다시금 굽어보았다. 그때 신발 소리가 자박자박 나므로 그는 머리를 들었다. 학교에 갔던 봉염이가 책보를 들고 이리로 온다.

"왜 책보 가지고 오니?"

"오늘 반공일이어. 메주 내놨네."

봉염이는 생글생글 웃으며 메주를 들어 맡아 보았다.

"아버지 가신 것 보았니?"

"응. 정팡둥이 왔더라, 어머이."

"팡둥이? 왔디?"

이때까지 그가 불안에 붙들려 있었다는 것을 느끼며 가볍게 한숨을 몰아쉬었다.

"어서 봤니?"

"팡둥 집에서… 저 아버지랑 자×단들이랑 함께 앉아서 뭘 하는지 모르겠더라."

약간 찌푸리는 봉염의 양미간으로부터 옮아 오는 불안!

"팡둥도 같이 앉았디?"

봉염이는 머리를 끄덕이며 무슨 생각을 하고 또다시 생글생글 웃었다. 그리고 책보 속에서 달래를 꺼냈다.

"학교 뒷밭에가 달래가 어찌 많은지."

"한 끼 넉넉하구나."

대견한 듯이 그의 어머니는 달래를 만져 보다가 그중 큰 놈으로 골라서 뿌리를 자르고 한꺼풀 벗긴 후에 먹었다. 봉염이도 달래를 먹으며,

"어머니 나두 운동화 신으면…."

무의식간에 봉염이는 이런 말을 하고도 어머니가 나무랄 것을 예상하며 어머니를 바라보던 시선을 달래 뿌리로 옮겼다. 달래 뿌리와 뿌리 사이로 나타나는 운동화, 아까 용애가 운동화를 신고 참새같이 날뛰던 그 모양!

“재는 이따금 미친 수작을 잘해!”

그의 어머니는 코끝을 두어 번 부비치며 눈을 흘겼다. 봉염이는 달래가 흡사히 운동화로 변하는 것을 느끼며 어머니 말에 그의 조그만 가슴이 따가워 왔다.

“어머니는 밤낮 미친 수작밖에 몰라!”

한참 후에 봉염이는 이렇게 종알거렸다. 그리고 용애의 운동화를 바라보고 또 몰래 만져보던 그 부러움이 어떤 불평으로 변하여지는 것을 그는 느꼈다. 그의 어머니는 봉염이를 똑바로 보았다.

“그래, 네 말이 미친 수작이 아니냐. 공부도 겨우 시키는데 운동화, 운동화. 이애 이애 너도 지금 같은 개화 세상에 났기에 그나마 공부도 하는 줄 알아라. 아 우리들 전에 자랄 때에야 뭘 어디가 물 긷고 베짜고 여름에는 김매구 그래두 짚신이나마 어디 고운 것 신어 본다디…. 어미, 애비는 풀 속에 머리들을 밀고 애쓰는데 그런 줄을 모르고 운동화? 배나 곯지 않으면 다행으로 알아. 그런 수작 하랴거든 학교에 가지 마라!”

“뭐 어머이가 학교에 보내우 뭐.”

봉염이는 가볍게 공포를 느끼면서도 가슴이 오싹하도록 반항하였다. 그리고 얼굴이 갑자기 화끈하므로 눈을 깜박하였다.

“그래 너의 아버지가 보내면 난 그만두라고 못 할까. 계집애가 왜 저 모양이야. 뭘 좀 안다고 어미 대답만 톡톡 하고, 이애 이놈의 계집애 어미가 무슨 말을 하면 잠잠하고 있는 게 아니라 톡톡 무슨 아가리질이냐! 그래 네 수작이 옳으냐? 우리는 돈 없다. 너 운동화 사줄 돈이 있으면 봉식이 공부를 더 시키겠다야."

봉염이는 분김에 달래만 자꾸 먹고 나니 매워서 못 견딜 지경이다. 그리고 눈에는 약간의 눈물이 비쳤다.

"왜 돈 없어요, 왜 오빠 공부 못 시켜요!"

그 순간 봉염의 머리에는 선생님이 하던 말이 번개같이 떠오른다. 그리고 그의 가슴이 터질 듯이 끓어오르는 불평을 어머니에게 토할 것이 아님을 깨달았다. 그러나 아무것도 모르고 딸만 그르게 생각하고 덤비는 그의 어머니가 너무도 가엾었다. 그의 어머니는 하도 어이가 없어서 멍하니 봉염이를 바라보았다. 동시에 없으면 딴 남은 그만두고라도 제 속으로 나온 자식들한테까지도 저런 모욕을 받누나 하는 노여운 생각이 들며 이때까지 가난에 들볶이던 불평이 눈등이 뜨겁도록 치밀어 올라온다.

"왜 돈 없는지 내가 아니. 우리 같은 거지들에게 왜 태어났니, 돈 많은 사람들에게 태어나지. 자식! 흥 자식이 다 뭐야!"

어머니의 언짢아하는 모양을 바라보는 봉염이는 작년 가을

타작마당이 얼핏 떠오른다. 그때 여름내 농사지은 벼를 팡둥에게 전부 빼앗긴 그때의 어머니! 아버지! 지금 어머니의 얼굴빛은 그때와 꼭 같았다. 그리고 아무 반항할 줄 모르는 어머니와 아버지! 불쌍함이 지나쳐서 비굴하게 보이는 어머니!

"어머니, 왜 돈 없는 것을 알아야 해요. 운동화는 왜 못 사줘요. 오빠는 왜 공부 못 시켜요!"

그는 이렇게 말해 가는 사이에 그가 운동화를 신고 싶어 한 것이 잘못이 아니라는 것을 깨달았다. 그리고 무심하게 들어 두었던 선생님의 말이 한 가지, 두 가지 문득문득 생각났다.

"이애 이년의 계집애 왜 돈 없어. 밑천 없어 남의 땅 붙이니 없지. 내 땅만 있으면…."

여기까지 말했을 때 그는 가슴이 뜨끔해지며 말문이 꾹 막혔다.

그리고 또다시 솔밭 옆에 가졌던 그 밭이 떠오르며 그는 눈물이 쑥 비어졌다. 그리고 금방 그 밭을 대하는 듯 눈물 속에 그의 머리가 아룽아룽 보이는 듯 보이는 듯하였다.

그때 가볍게 귓가를 스치는 총소리! 그들 모녀는 눈이 둥그래져서 일어났다. 짚 낟가리 밑에서 졸던 검둥이가 어느덧 그들 앞에 나타나 컹컹 짖었다.

유랑

그들은 마적단과 공산당을 번갈아 머리에 그리며 건너 마을을 바라보았다. 이 마을 저 마을에서 개 짖는 소리가 그들로 하여금 한층 더 불안을 갖게 하였다. 그리고 아까까지도 시원하던 바람이 무서움으로 변하여 그들의 옷가를 가볍게 스친다.

"이애 너 아버지나 어서 오셨으면… 왜 이러고 있누. 무엇이 온 것 같은데, 어쩐단 말여."

봉염의 어머니는 거의 울상을 하고 가만히 서 있지를 못하였다. 총소리는 연달아 건너왔다. 그들은 무의식간에 방 안으로 쫓기어 들어왔다. 이제야말로 건너 마을에는 무엇이든지 온 것이 확실하였다. 그리고 몇몇의 사람까지도 총에 맞아 죽었으리라 하였다. 이렇게 생각하고 나니 봉염의 어머니는 속에서 불길이 화끈화끈 올라와서 견딜 수가 없었다. 그러면서도 감히 방문 밖에까지 나오지는 못하였다. 무엇들이 이리로 달려오는 것만 같았던 것이다.

"어쩌누? 어쩌누? 봉식이라도 어서 오지 않구."

그는 벌벌 떨면서 이렇게 중얼거렸다. 암만해도 남편이 무사할 것 같지 않았던 것이다. 더구나 팡둥과 같이 남편이 앉았다가 아까 그 총소리에 무슨 일을 만났을 것만 같았다.

"이애 너 아버지가 팡둥과 함께 앉았디? 보았니?"

그는 목에 침이라고는 하나도 없고 가슴이 답답해 왔다. 봉염이도 풀풀 떨면서 말은 못 하고 눈으로 어머니에게 대답을 하였다. 그때 멀리서 신발 소리 같은 것이 들려오므로 그들은 부엌 구석의 토굴로 뛰어 들어가서 감자 마대 뒤에 꼭 붙어 앉았다. 무엇이 자기들을 죽이려고 이리 오는 것만 같았다.

한참 후에

"어머니!"

라고 부르는 봉식의 음성에 그들은 겨우 정신을 차리고 마주 아우성을 치고도 얼른 밖으로 나오지를 못하였다. 그들은 움 밖에까지 나왔을 때 또다시 우뚝 섰다. 그것은 봉식이가 전신에 피투성이를 했으며 그 옆에 금방 내려 뉜 듯한 아버지의 목에서는 선혈이 샘처럼 흘렀다.

그의 어머니는

"아!"

소리를 지르고 그 자리에 팔싹 주저앉았다. 그 다음 순간부터 그는 바보가 되어 멍하니 바라만 볼 뿐이었다. 봉식이는 어머니를 보며 안타까운 듯이,

"어머니는 왜 그러구만 있어요. 어서 이리 와요."

봉염이가 곧 어머니의 팔을 붙들었으나 그는 일어나다가 도

로 주저앉으며,

"너 아버지, 너 아버지."

하고 중얼거릴 뿐이었다. 그 밤이 거의 새어 올 때에야 봉염의 어머니는 겨우 정신을 차리고 목을 내어 '어이어이' 하고 울었다.

"넌 어찌 아버지를 만났니. 그때는 살았더냐. 무슨 말을 하시디?"

봉식이는 입이 쓴 듯이 입맛만 쩍쩍 다시다가,

"살 게 머유!"

대답을 기다리는 어머니의 모양이 난처하여 이렇게 소리치고 나서 한숨을 후 쉬었다. 그리고 항상 아버지가 팡둥과 자×단원들에게 고맙게 구는 것이 어쩐지 위태위태한 겁을 먹었더니만 결국은 저렇게 되고야 말았구나 하였다. 아버지 생전에 이 문제를 가지고 부자가 서로 언쟁까지도 한 일이 있었으나 끝끝내 아버지는 자기의 뜻을 세웠다. 그보다 그의 입장이 그로 하여금 그렇게 하지 않고는 견디지 못하게 하였던 것이다.

아버지 생전에는 봉식이도 아버지를 그르다고 백번 생각했지만 막상 아버지가 총에 맞아 넘어진 것을 용애 아버지에게 듣고 현장에 달려가서 보았을 때는 어쩐지 '너무들 한다!' 하는 분노와 함께 누가 그르고 옳은 것을 분간할 수 없이 머리가 아뜩해지곤 하였다.

이튿날 아버지의 장례를 지낸 봉식이는 바람이나 쏘이고 오겠노라고 어디로인지 가버리고 말았다. 모녀는 봉식이가 오늘이나 내일이나 하고 돌아오기를 손꼽아 기다리나, 그 봄이 다 지나도 돌아오기는 고사하고 소식조차 끊어지고 말았다. 그래서 그들은 기다리다 못해서 봉식이를 찾아 떠났다. 월여를 두고 이리저리 찾아다니나 그들은 봉식이를 만나지 못하였다. 마침내 그들은 용정까지 왔다. 그것은 전에 봉식이가

"고학이라도 해서 나두 공부를 좀 해야지."

하고 용정에 들어왔다 나올 때마다 투덜거리던 생각을 하여 행여나 어느 학교에나 다니지 않는가 하였던 것이다. 그러나 그들 모녀가 학교란 학교 뜰에는 다 가서 기웃거리나 봉식이 비슷한 학생조차 만나지 못하였다. 그들이 마지막으로 소학교까지 가보고 돌아설 때 봉식이가 끝없이 원망스러운 반면에 죽지나 않았는지? 하는 불안에 발길이 보이지를 않았다. 더구나, 이젠 어디로 갔나? 어디 가서 몸을 담아 있나? 오늘 밤이라도 어디서 자나? 이것이 걱정이요, 근심이 되었다.

해가 거의 져 갈 때 그들은 팡둥을 찾아갔다. 그들이 용정에 발길을 돌려놓을 때부터 팡둥을 생각하였다. 만일에 봉식이를 찾지 못하게 되면 팡둥이라도 만나서 사정하여 봉식이를 찾아 달라고 하리라 하였던 것이다. 그들이 큰 대문을 둘이나 지나서

들어가니 마침 팡둥이 나왔다.

"왔소. 언제 왔소?"

팡둥은 눈을 크게 뜨고 반가운 뜻을 보이었다. 봉염의 어머니는 그의 반가워하는 눈치를 살피자 찾아온 목적을 절반이나마 성공한 듯하여 한숨을 남몰래 몰아쉬었다. 팡둥은 봉염의 머리를 내려쓸었다.

"그새 어디 갔어. 한 번 갔어. 없어 섭섭했어."

"봉식이를 찾아 떠났어요. 봉식이가 어디 있을까요?"

봉염의 어머니는 가슴을 두근거리며 팡둥을 쳐다보았다.

"봉식이 만나지 못했어. 모르갔소."

팡둥은 알까 하여 맥없이 그의 입술을 쳐다보던 그는 머리를 숙였다. 팡둥은 그들 모녀를 데리고 방으로 들어갔다. 캉炕에 있는 팡둥의 아내인 듯한 젊은 부인은 모녀와 팡둥을 번갈아 쳐다보며 의심스러운 눈치를 보이었다. 팡둥은 한참이나 모녀를 소개하니 그제야 팡둥 부인은,

"올라앉어요."

하고 권하였다. 팡둥은 차를 따라 권하였다.

가벼운 차 내를 맡으며 모녀는 방 안을 슬금슬금 돌아보았다. 방 안은 시원하게 넓으며 캉*이 좌우로 있었다. 캉 아래는

* 캉: '구들'의 옛말.

빛나는 돌로 깔리었으며 저편 창 앞에는 대리석으로 만든 테이블이 놓였고 그 위에는 검은 바탕에 오색 빛나는 화병 한 쌍을 중심으로 작고 큰 시계며 유리 단지에 유유히 뛰노는 금붕어 등 기타 이름 모를 기구들이 테이블 무겁도록 실리어 있다. 창 위 벽에는 팡둥의 사진을 비롯하여 가족들의 사진이며 약간 빛을 잃은 가화들이 어지럽게 꽂히었다. 그리고 테이블에서 뚝 떨어져 있는 이편 벽에는 선 굵은 불타의 그림이 조는 듯하고 맞은편에는 문짝 같은 체경*이 온 벽을 차지했으며 창문 밖 저편으로는 화단이 눈가가 서늘하도록 푸르렀다.

그들은 어떤 별천지에 들어온 듯 정신이 얼얼하였다. 그리고 그들의 초라한 모양에 새삼스럽게 더 부끄러운 생각이 들며 맘 놓고 숨 쉬는 수도 없었다.

팡둥은 의자에 걸어앉으며 궐련**을 붙여 물었다.

"여기 친척 있어?"

봉염의 어머니는 머리를 들었다.

"없어요."

이렇게 대답하는 그는 팡둥이 어째서 친척의 유무를 묻는 것

* 체경: 몸 전체를 비추어 볼 수 있는 큰 거울. ≒ 몸거울.

** 궐련: 얇은 종이로 가늘고 길게 말아 놓은 담배. ≒ 권연초·궐련초.

인지 생각할 때 전신에 외로움이 휠씬 끼친다. 동시에 팡둥을 의지하려고 찾아온 자신이 얼마나 가엾은가를 느끼며 팡둥의 어깨 너머로 보이는 화단을 물끄러미 바라보았다. 신록에 무르익은 저 화단! 그는 얼핏, 밭에 조 싹도 이젠 퍽이나 자랐겠구나! 김매기 바쁠 테지 내가 웬일이야 김도 안 매구. 가을에는 뭘 먹고 사나 하는 걱정이 불쑥 일었다. 그리고 시선을 멀리 던졌을 때 티 없이 맑게 갠 하늘이 마치 멀리 논물을 바라보는 듯 문득 그들이 부치던 논이 떠오른다.

'논귀까지 가랑가랑하도록 올라온 그 논물! 벼 포기도 퍽이나 자랐을 게다!' 하며 다시 하늘을 쳐다보았을 때 그 하늘은 벼 포기 사이를 헤치고 깔렸던 그 하늘이 아니었느냐! 그 사이로 털이 푸르르한 남편의 굵은 다리가 철버덕철버덕 거닐지 않았느냐! 그는 가슴이 뜨끔해지며 다시 팡둥을 보았다. '남편을 오라고 하여 함께 앉았던 저 팡둥은 살아서 저렇게 있는데 그는 어찌하여 죽었는가.' 하며 이때껏 참았던 설움이 머리가 무겁도록 올라왔다.

"친척 없어. 어디 왔어?"

팡둥은 한참 후에 이렇게 채쳐 물었다. 목구멍까지 빠듯하게 올라온 억울함과 외로움이 팡둥의 말에 눈물로 변하여 술술 떨어진다. 그는 맥없이 머리를 떨어뜨리며 치맛귀를 쥐어다 눈물을 씻었다. 곁에 앉은 봉염이도 어머니를 보자 눈물이 글썽글썽 해졌다. 모녀를 바라보는 팡둥은 난처하였다. 지금 저들의 눈치를 보니 자기에게 무엇을 얻으러 왔거나 그렇지 않으면 자기 집을 바라고 온 것임을 시간이 지날수록 깨달았다. 그는 불쾌하였다. 저들을 오늘로라도 보내려면 돈이라도 몇 푼 집어 줘야 할 것을 느끼며 '당분간 집에서 일이나 시키며 두어둬 볼까?' 하는 생각이 어렴풋이 들었다. 팡둥은 약간 웃음을 띠었다.

"친척 없어. 우리 집 있어. 봉식이가 찾아왔어, 갔어, 응."

팡둥의 입에서 떨어지는 아들의 이름을 들으니 그는 원망스러움과 그리움 외로움이 한데 뭉치어 견딜 수가 없었다. 그리고 팡둥의 말과 같이 봉식이가 언제든지 나를 찾아오려나, 그렇지 않으면 제 아버지와 같이 어디서 어떤 놈에게 죽음을 당해서 다시는 찾지 않으려나? 하는 의문이 들며 흑흑 느껴 울었다.

그 후부터 모녀는 팡둥 집에서 일이나 해 주고 그날그날을 살아갔다. 팡둥은 날이 갈수록 그들에게 친절하게 굴었다. 그리고 어떤 때는 밤이 오래도록 그들이 있는 방에 나와서 이런 이야기 저런 이야기를 하여 주며 때로는 옷감이나 먹을 것 같은 것도 사다 주었다. 그때마다 봉염의 어머니는 감격하여 밤 오래도록 잠들지 못하곤 하였다.

팡둥의 아내가 친정집에 다니러 간 그 이튿날 밤이다. 그는 팡둥의 아내가 말라 놓고 간 팡둥의 속옷을 재봉침하였다. 팡둥의 아내가 언제 올는지는 모르나 어쨌든 그가 오기 전에 말라 놓는 일을 다 해야 그가 돌아와서 만족해 할 것이다. 그러므로 그는 밤잠을 못 자고 미싱을 돌렸다. 그는 이 집에 와서야 미싱을 배웠기 때문에 아직도 서툴렀다. 그래서 그는 바늘이 부러질세라 기계에 고장이 생길세라 여간 조심이 되지를 않았다.

저편 팡둥 방에서 피리 소리가 처량하게 들려 왔다. 팡둥은 밤만 되면 저렇게 피리를 불거나 그렇지 않으면 깡깡이를 뜯었다. 깡깡이 소리는 시끄럽고 때로는 강아지가 문짝을 할퀴며 어미를 부르는 듯하게 차마 듣지 못 할만큼 귓가가 간지러웠다. 그러나 저 피리 소리만은 그럴듯하게 들리었다.

일감을 밟고 씩씩하게 달아오는 바늘 끝을 바라보는 그는 한숨을 후 쉬며,

“봉식아 너는 어째서 어미를 찾지 않느냐.”

하고 중얼거렸다. 그는 언제나 봉식이를 생각하였다. 낯선 사람이 이 집에 오는 것을 보면 행여 봉식의 소식을 전하려나 하여 그 사람이 돌아갈 때까지 주의를 게을리하지 아니했다.

그러나 이렇게 기다리는 보람도 없이 그날도 그날 같이 봉식의 소식은 막막하였다. 팡둥은 그들에게 고맙게 구나 팡둥의 아내는 종종 싫은 기색을 완연히 드러내었다. 그때마다 그는

봉식을 원망하고 그리워하며 운 적이 한두 번이 아니었다. 아무래도 장래까지는 이 집을 바라지 못할 일이요, 어디로든지 가야 할 것을 그는 날이 갈수록 느꼈다. 그러나 마음만 초조할 뿐이요, 어떻게 하는 수는 없었다. 그는 이러한 생각을 되풀이하며 팡둥의 아내가 없는 사이 팡둥 보고 '집세나 하나 얻어 달라고 해볼까?' 하며 피리를 불고 앉았을 팡둥의 뚱뚱한 얼굴을 그려 보았다. 그러나 '어찌 그런 말을 해, 집세를 얻는다더라도 무슨 그릇들이 있어야지. 아무것도 없이 살림을 어떻게 하누.' 하며 등불을 물끄러미 바라보았다.

어느덧 피리 소리도 그치고 사방은 고요하였다. 오직 들리느니 잠든 봉염의 그윽한 숨소리뿐이다. 그는 등불을 휩싸고 악을 쓰고 날아드는 하루살이 떼를 보며 문득 남편의 짧았던 일생을 회상하였다. '그렇게 살고 말 것을 반찬 한번 맛있게 못 해주었지, 고춧가루만 땀이 나도록 먹구 참…. 여기는 왜 소금 값이 그리 비쌀까? 그래도 이 집은 소금을 흔하게 쓰두면. 그게야 돈 많으니 자꾸 사오니까 그렇겠지. 돈? 돈만 있으면 뭐든지 다 할 수가 있구나. 그 비싼 소금도 맘대로 살 수가 있는 돈, 그 돈을 어째서 우리는 모으지 못했는가.' 하였다.

그때 신발 소리가 자박자박 나더니 문이 덜거덕 열린다. 그는 놀라 휙근 돌아보았다. 검은 바지에 흰 적삼을 입은 팡둥이 빙그레 웃으며 들어온다. 그는 얼른 일어나며 일감을 한 손에 들었다.

"앉아서 일만 했어?"

팡둥의 시선은 그의 얼굴로부터 일감으로 옮긴다. 그는 등불 곁으로 다가앉으며 팡둥 보고 '이 말을 할까 말까? 집세 하나 얻어 주시오.' 하고 금방 입술 사이로 흘러나오려는 것을 참으며 팡둥의 기색을 흘금 살피었다.

"누구 옷이야? 내 해야?"

팡둥은 일감 한끝을 쥐어 보다가,

"내 해야… 배고프지 않아? 우리 방에 나가 차물도 먹고 과자도 먹구. 응, 나갔어."

일감을 잡아당긴다. 그는 전 같으면 얼른 팡둥의 뒤를 따라 나갈 터이나 팡둥의 아내가 없는 것만큼 주저가 되었다.

"배고프지 않아요."

이렇게 말하는 그는 웬일인지 눈썹 끝에 부끄럼이 사르르 지나친다. 팡둥은 일감을 휙 빼앗았다.

"가, 응. 자 어서 어서."

그는 일감을 바라보며 어째야 좋을지 몰랐다. 그리고 이 기회를 타서 집세를 얻어 달라고 할까 말까 할까….

"안 가?"

팡둥은 일어서며 아까와는 달리 언성을 높인다. 그는 가슴이 선득해서 얼른 일어났다. 그러나 비쭉비쭉 나가는 팡둥의 살찐 뒷덜미를 보았을 때 싫은 생각이 부쩍 들었다. 그리고 발길이 떨어지지를 않았다. 문밖을 나가던 팡둥은 획근 돌아보았다. 그 얼굴은 무어라고 형용할 수 없는 무서움을 띠었다. 그는 맥없이 캉을 내려섰다. 그리고 잠든 봉염이를 바라보았을 때 소리쳐 울고 싶도록 가슴이 답답하였다.

해산

이듬해 늦은 봄 어느 날 석양이다. 봉염의 어머니는 바느질을 하다가 두 눈을 부비치며 방문을 바라보았다. 빨간 문 위에 처마 끝 그림자가 뚜렷하다. '오늘은 팡둥이 오려나 대체 어딜 가서 그리 오래 있을까?' 그는 또다시 생각하였다. 팡둥의 아내만 대하면 그는 묻고 싶은 것이 이 말이었다. 그러나 언제든지 새초롬해서 있는 그의 기색을 살피다가는 그만 하려던 말을 줄이치고 말았다. 그리고 '이렇게 석양이 되면 오늘이나 오려나?' 하고 가슴을 졸였다.

팡둥이 온대야 그에게 그리 기쁠 것도 없건만, 어쩐지 그는 팡둥이 기다려지고 그리웠다. '오면 좋으련만…. 이번에는 꼭 말을 해야지. 무어라구?' 그 다음 말은 생각나지 않고 두 귀가 화끈 단다. 어떻거나 그도 짐작이나 할까? 하기는 뭘 해 남정들이 그러니 그렇게 내게 하리…. 그는 팡둥의 얼굴을 머리에 그리며 원망스러운 듯이 바라보았다.

그날 밤 후로는 팡둥의 태도가 아무리 좋게 해석해도 냉랭해진 것만 같았다. 처음에는 점잖으신 어른이고 더구나 성미 까다로운 아내가 곁에 있으니 저러나 보다 하였으나 시일이 지날수록 원망스러움이 약간 머리를 들었다. 반면에 끝없는 정이 보이지 않는 줄을 타고 팡둥에게로 자꾸 쏠리는 것을 그는 느꼈다. 그는 한숨을 '후-' 쉬며 이맛가에 흐르는 땀을 씻었다. 언제나 자기도 팡둥을 대하여 '주저 없이 말도 건네고 사랑을 받아 볼까?' 생각만이라도 그는 진저리가 나도록 좋았다. 그러나 자기 주위를 둘러싸고 있는 모든 환경을 깨닫자 그는 울고 싶었다. 그리고 팡둥의 아내가 끝없이 부러웠다. 그는 시름없이 머리를 숙이며 원수로 애는 왜 배었는지 하며 일감을 들었다.

바늘 끝에서 떠오르는 그날 밤. 그날 밤의 팡둥은 성난 호랑이같이도 자기에게 덤벼들지 않았던가. 자기는 너무 무섭고도 두려워서 방 안이 캄캄하도록 늘인 비단 포장을 붙들고 죽기로써 반항하다가도 못 이겨서 애를 배게 되지 않았던가. 생각하면 자기의 죄 같지는 않았다. 그런데 왜 자기는 선뜻 팡둥에게 이 말을 하지 못하는가. 그리고 그렇게 먹고 싶은 냉면도 못 먹고 이때까지 참아 왔던가.

모두가 자기의 못난 탓인 것 같다. '왜 말을 못 해, 왜 주저해, 이번에는 말할 테야. 꼭 할 테야. 그리고 냉면도 한 그릇 사다 달라지.' 하며 그는 눈앞에 냉면을 그리며 침을 꿀꺽 삼켰다. 그러나 이 생각은 헛된 공상임을 깨달으며 한숨을 푸 쉬면서도 픽 하고 웃음이 나왔다. 모든 난문제가 산과 같이 자기를 둘러싸고 있거늘 어린애같이 먹고 싶은 생각부터 하는 자신이 우습고도 가련해 보였던 것이다. 그러나 먹고 싶은 것은 어쩔 수 없다. 목이 가렵도록 먹고 싶다. 냉면만 생각하면 한참씩은 안절부절못할 노릇이다.

그가 뱃속에 애 든 것을 알게 되었을 때, 유산시키려고 별짓을 다하여 보았다. 배를 쥐어박아도 보고 일부러 칵 넘어지기도 하며 벽에다 배를 대고 탕탕 부딪쳐도 보았다. 그러고도 유산이 되지를 않아서 나중에는 양잿물을 마시려고 캄캄한 밤중에 그 몇 번이나 일어앉았던가. 그러면서도 그 순간까지도 냉면은 먹고 싶었다. 누가 곁에다 감추고서 주지 않는 것만 같았다. 그렇게 먹고 싶은 냉면을 못 먹어 보고 죽는다는 것은 너무나 애달픈 일이다.

더구나 봉염이를 생각하고는 그만 양잿물 그릇을 쏟치고 말았던 것이다. 삭수가 차올수록 그는 어쩔 줄을 몰랐다. 우선 남의 눈에 들키지나 않으려고 끈으로 배를 꽁꽁 동이고 밥도 한두 끼니는 예사로 굶었다. 그리고 될 수 있는 대로 사람을 피하여 이렇게 혼자 일을 하곤 하였다.

그때 '지르릉' 하는 이십오세馬車소리에 그는 머리를 번쩍 들었다. 팡둥 방에서 뛰어나가는 신발 소리가 나더니 '바바! 바바!' 하고 팡둥의 어린애들이 떠드는 소리가 들린다. 그는 '왔구나!' 하였다. 따라서 가슴이 후닥닥 뛰며 뱃속의 애까지 빙빙 돌아간다. 그는 치마 주름이 들썩들썩하는 것을 보자 배를 꾹 눌렀다. 신발 소리가 이리로 오므로 그는 얼른 일어났다. 그리고 팡둥이 혹시 나를 보러 오는가 하였다.

"어머이, 팡둥 왔어. 그런데 팡둥이 어머이를 오래."

봉염이는 문을 열고 들여다본다. 그는 팡둥이 아님에 다소 실망을 하면서도 안심되었다. 그러나 팡둥이 자기를 보겠다고 오라는 말을 들으니 부끄럼이 확 끼치며 알 수 없는 겁이 더럭 났다. 그리고 말을 할 수 없이 입이 다물어지며 손발이 후들후들 떨린다.

"어머이, 어디 아파?"

봉염이는 중국 계집애같이 앞 머리카락을 보기 좋게 잘랐다.

그는 머리카락 사이로 눈을 동그랗게 뜨고 어머니를 말똥히 쳐다본다. 그는 딸에게 눈치를 보이지 않으려고 머리를 돌리며,

"아니."

봉염이는 한참이나 무슨 생각을 하더니,

"어머이, 팡둥이 성난 것 같아, 왜."

"왜, 어쩌더냐?"

"아니, 글쎄 말야."

봉염이는 솥 가에서 닳아져서 보기 싫게 된 그의 손톱을 들여다보면서 아까 팡둥의 얼굴을 생각하였다. 그때 팡둥의 아내 소리가 '빽' 하고 났다.

"뭣들 하기 그러고 있어. 어서 오라는데."

심상치 않은 그의 언성에 그들은 일시에 불길한 예감을 품으면서 팡둥 방으로 왔다. 팡둥은 어린애를 좌우로 안고서 모녀를 바라보았다. 그리고 잠깐 눈살을 찌푸리며 눈을 거칠게 뜬다. 팡둥의 아내는 입을 비쭉하였다.

"흥, 자식을 얼마나 잘 두었기에 애비 원수인 공산당에 들었을까. 그런 것들은 열 번 죽여도 좋아. 우리는 공산당 친척은 안 돼. 공산당과는 우리는 원수야. 오늘부터는 우리집에 못 있어. 나가야지."

모녀를 딱 쏘아본다. 모녀는 갑자기 무슨 말인지를 알아들을

수가 없었다. 그리고 머리가 어찔어찔해 왔다.

"이번 쟝궤듸가 국자가 가서 네 오빠 죽이는 것을 보았단다."

모녀는 어떤 쇠방망이로 머리를 사정없이 후려치는 듯 아뜩하였다. 한참 후에 봉염의 어머니는 팡둥을 바라보았다. 팡둥은 그의 시선을 피하여 어린애를 보면서도 그 말이 옳다는 뜻을 보이었다. 그는 한층 더 아찔하였다. 그 애가 참말인가 하고 그는 속으로 부르짖었다.

"어서 나가! 만주국에서는 공산당을 죽이니깐."

팡둥의 아내는 귀걸이를 흔들면서 모녀를 밀어내었다. 모녀는 암만 그들이 그래도 그 말이 참말 같지 않았다. 그리고 속 시원히 팡둥이가 말을 해 주었으면 하였다. 팡둥은 그들을 바라보자 곧 불쾌하였다. 그날 밤 그의 만족을 채운 그 순간부터 어쩐지 발길로 그의 엉덩이를 냅다 차고 싶게 미운 것을 느꼈다. 그 다음부터 그는 봉염의 어머니와 마주 서기를 싫어하였다. 그러나 살림에 서투른 젊은 아내를 둔 그는 그들을 내보내면 아무래도 식모든지 착실한 일꾼이든지를 두어야겠으니 그러자면 먹여 주고도 돈을 주어야 할 터이므로 오늘내일 하고 이때까지 참아 왔던 것이다. 보다도 내보낼 구실 얻기가 거북하였던 것이다.

그러던 차에 이번 국자가에서 봉식이 죽는 것을 보고서는 곧 결정하였다. 무엇보다도 공산당의 가족이니만큼 경비대원들이 나중에라도 알면 자신에게 후환이 미칠까 하는 생각이었고 또 하나는 자기가 극도로 공산당을 미워하느니 만큼 공산당이라는 말만 들어도 소름이 끼쳐서 못 견디었던 것이다.

아내에게 밀리어 문밖으로 나가는 모녀를 바라보는 팡둥은 봉식의 죽던 광경이 다시 떠오른다. 친구와 교외에 나갔다가 공산당을 죽인다는 바람에 여러 사람의 뒤를 따라가서 들여다보니 벌써 십여 명의 공산당을 죽이고 꼭 하나가 남아 있었다. 그는 '좀 더 빨리 왔더면.' 하고 후회하면서 사람들의 틈을 뻐개고 들어갔다. 마침 경비대에게 끌리어 한가운데로 나앉은 공산당은 봉식이가 아니었느냐! 그는 자기 눈을 의심하고 몇 번이나 눈을 부비친 후에 보았으나 똑똑한 봉식이었다. 전보다 얼굴이 검어지고 거칠게 보이나마 봉식이었다. 그는 기침을 '캭' 하며 봉식이가 들으리만큼 욕을 하였다. 그리고 행여 봉식이가 돈을 벌어 가지고 어미를 찾아오면 자기의 생색도 나고 다소 생각함이 있으리라고 하였던 것이 절망이 되었다.

누런 군복을 입은 경비대원 한 사람은 시퍼런 칼날에 물을 드르르 부었다. 그러나 물방울이 진주같이 흐른 후에 칼날은 무서우리만큼 빛났다. 경비대원은 칼날을 들여다보며 슴벅 웃는다. 그리고 봉식이를 바라보았다. 봉식이는 얼굴이 새하얗게 질리고도 기운 있게 버티고 있었다. 그리고 입모습에는 비웃음을 가득히 띠고 있다. 팡둥은 그 웃음이 여간 불쾌하지 않았다. 그리고 어느 때인가 공산당에게 위협을 당하던 그 순간을 얼핏 연상하며 봉식이가 확실히 공산당이라는 것을 의심하지 않았다. 그러자 칼날이 번쩍할 때 봉식이는 소리를 버럭 지른다. 어느새 머리는 땅에 떨어지고 선혈이 솩 하고 공중으로 뻗칠 때 사람들은 냉수를 잔등에 느끼며 흠칫 물러섰다.

생각만이라도 팡둥은 소름이 끼치어서 어린애를 꼭 껴안으며 어서 모녀가 눈에 보이지 않기를 바랐다. 모녀는 문밖에까지 밀리어 나오고도 팡둥이가 따라 나오며 말리려니 하였다. 그러나 그들이 보따리를 가지고 대문을 향할 때까지 팡둥은 가만히 있었다. 봉염의 어머니는 노염이 치받치어 홱 돌아서서 유리창을 통하여 바라보이는 팡둥의 뒷덜미를 노려보았다. 미친 듯이 자기를 향하여 덤벼들던 저 팡둥이 그가 무어라고 소리를 지르려고 할 때, 팡둥의 아내와 웬 알지 못할 사나이가 그를 돌려세우며 그들을 밖으로 내몰았다.

그들은 정신없이 시가를 벗어나 해란강변으로 나왔다. 강물이 앞을 막으니 그들은 우뚝 섰다. '어디로 가나?' 하는 생각이 분에 흩어졌던 그들의 생각을 집중시켰다. 그들은 눈을 들었다. 해는 뉘엿뉘엿 서산에 걸렸는데 저 멀리 보이는 마을 앞에 둘러선 버들숲은 흡사히도 그들이 살던 싼더거우三頭溝 앞에 가로 놓였던 그 숲과도 같았다. 그곳에는 아직도 남편과 봉식이가 있을 것만 같았다. 그러나 다시 한번 눈을 부비치고 보았을 때 봉염의 어머니는 털썩 주저앉았다. 그리고 소리 높이 흐르는 강물을 들여다보며 그만 죽고 말까 하였다.

동시에 이때까지 거짓으로만 들리던 봉식의 죽음이 새삼스럽게 더 걱정이 되며 가슴이 쪼개지는 듯하였다. 그러나 그 말은 믿고 싶지 않았다. 봉식이는 똑똑한 아이이다. 그러한 아이가 애비 원수인 공산당에 들었을 리가 없을 듯하였다. 그것은 자기 모녀를 내보내려는 거짓말이다.

"죽일 년, 그년이 내 아들을 공산당이라구. 에이 이 년놈들, 벼락 맞을라. 누구를 공산당이래…. 너희 놈들이 그러고 뒈질 때가 있을라. 누구를 공산당이래."

봉염이 어머니는 시가를 돌아보며 이를 북북 갈았다. 시가에는 수 없는 벽돌집이 다닥다닥 붙어 앉았다. 저렇게 많은 집이 있건만 지금 그들은 몸담아 있을 곳도 없어 이리 쫓기어 나오는 생각을 하니 기가 꽉 찼다. 그리고 저자들은 모두가 팡둥 같은 그런 무서운 인간들이 사는 것 같아 보였다. 이렇게 원망스러우면서도 이리로 나오는 사람만 보이면 행여 팡둥이가 나를 찾아

나오는가 하여 가슴이 뜨끔해지곤 하였다.

어스름 황혼이 그들을 둘러쌀 때에 그들은 더욱 난처하였다. 봉염이는 훌쩍훌쩍 울면서, "오늘 밤은 어데서 자누, 어머이?" 하였다. 그는 순간에 팡둥 집으로 달려들어 가서 모조리 칼로 찔러 죽이고 자기들도 죽고 싶은 충동이 강하게 일어났다. 그래서 그는 벌떡 일어났다. 그러나 그의 앞으로 끝없이 길어 나간대 철로를 바라보았을 때 소식 모르는 봉식이가 어미를 찾아 이 길로 터벅터벅 걸어올 때가 있지 않으려나…. 그리고 또다시 팡둥의 말과 같이 아주 죽어서 다시는 만나지 못하려나 하는 의문에 그는 소리쳐 울고 싶었다. '속 시원히 국자가를 가서 봉식의 소식을 알아볼까? 그러자. 그 후에 참말이라면 모조리 죽이고 나도 죽자!' 이렇게 결심하고 어정어정 걸었다.

그날 밤 그들은 해란강변에 있는 중국인 집 헛간에서 자게 되었다. 그것도 모녀가 사정을 하고 내일 시장에 내다 팔 시금치 나물과 파 등을 다듬어 주고서 승낙을 받았다. 봉염의 어머니는 밤이 깊어 갈수록 배가 자꾸 아팠다. 그는 애가 나오려나 하고 직각하면서 봉염이가 잠들기를 고대하였다. 그러나 잠이 많던 봉염이도 오늘은 잠들지 않고 팡둥 부처를 원망하였다. 그리고 이때까지 몸 아끼지 않고 일해 준 것이 분하다고 종알종알하였다.

"용애는 잘 있는지. 우리 학교는 학생이 많은지."

잠꼬대 비슷이 봉염이는 지껄이다가 그만 잠이 들고 만다. 그의 어머니는 한숨을 후 쉬며 어서 봉염이가 잠든 틈을 타서 나오면 얼른 죽여서 해란강에 띄우리라 결심하였다.

그리고 배를 꾹꾹 눌렀다. 바람 소리가 후루루 나더니 빗방울이 후두두 떨어진다. 그는 되기 딴은 잘되었다 하였다. 이런 비 오는 밤에 아무도 몰래 애를 낳아서 죽이면 누가 알랴 싶었던 것이다. 그리고 그는 봉염의 몸을 어루만지며 낡은 옷으로 그의 머리까지 푹 씌워 놨다. 비는 출출 새기 시작하였다.

그는 봉염이가 비에 젖었을까 하여 가만히 그를 옮겨 누이고 자기가 비 새는 곳으로 누웠다. 비는 차츰 기세를 더하여 좍좍 퍼부었다. 그리고 그의 몸도 점점 더 아팠다.

그는 봉염이가 깰세라 하여 입술을 깨물고 신음소리를 밖에 내지 않으려고 애썼다. 그러나 신음소리가 콧구멍을 뚫고 불길같이 확확 내달았다. 그리고 빗방울은 그의 머리카락을 타고 목덜미로 입술로 새어 흐른다.

"어머이!"

봉염이는 벌떡 일어나서 어머니를 더듬었다.

"에그 척척해."

어머니의 몸을 만지는 그는 정신이 펄쩍 들었다. 그리고 비가 오는 것을 알았다.

“비가 새네, 아이고 어떡허나.”

딸의 말소리도 이젠 들리지 않고 딸이 들을세라 조심하던 신음소리도 더 참을 수가 없었다. 그는

“으흥으흥.”

하면서 몸부림쳤다. 머리로 벽을 쾅쾅 받다가도 시원하지 않아서 손으로 머리를 감아쥐고 오짝오짝 뜯었다.

봉염이는 어머니를 흔들다가 흔들다가 그만

“흑흑.”

하고 울었다. 어머니는 봉염이를 밀치며

“응응.”

하고 힘을 썼다. 한참 후에

“으악!”

하는 애기 울음소리가 들렸다. 봉염이는 어머니 곁으로 다가붙으며,

“애기?”

하고 부르짖었다.

어머니는 얼른 아기를 더듬어 그의 목을 꼭 쥐려 하였다. 그 순간 두 눈이 화끈 달며 파란 불꽃이 쌍으로 내달았다. 그리고 전신을 통하여 짜르르 흐르는 모성애! 그는 자기의 숨이 턱 막

히며 쥐려는 손 끝에 맥이 탁 풀리는 것을 느꼈다.

그는 땀을 낙수처럼 흘리며 비켜 누워 버렸다. 그리고,

"아이고!"

하고 소리쳐 울었다.

유모

아기를 죽이려다 죽이지 못하고 또 무서운 진통기를 벗어난 봉염의 어머니는 이제는 극도로 배고픔을 느꼈다. 지금 따끈한 미역국 한 사발이면 그의 몸은 가뿐해질 것 같다. '미역국! 지난날에는 남편이 미역국과 흰 이밥을 해가지고 들어와서 손수 떠 넣어 주던 것을….' 하며 눈을 꾹 감았다. 비에 젖고 또 비에 젖은 헛간 바닥에서는 흙내에 피비린내를 품은 역한 냄새가 물큰물큰 올라왔다. '어떡하나? 내가 무엇이든지 먹구 살아야 저 것들을 키울 터인데 무엇을 먹나, 누가 지금 냉수라도 짤짤 끓여다만 주어도 그 물을 마시고 정신을 차릴 것 같다. 그러나 그는 흙을 주워 먹기 전에는 아무것도 먹을 것이 없지 않은가, 봉염이를 깨울까, 그래서 이 집 주인에게 밥이나 좀 해달랄까, 아니 아니 못 할 일이야, 무슨 장한 애를 낳았다고 그러랴. 그러

면 어떻게? 오래지 않아 날이 밝을 터이니 아침에나 주인집에서 무엇이든지 얻어먹지….' 하였다. 그리고 눈을 번쩍 떠서 뚫어진 헛간 문을 바라보았다. 아직도 캄캄하였다. 날이 언제나 새려나, 이 집에는 닭이 없는가 있는가 하며 귀를 기울였다.

사방은 죽은 듯이 고요하다. 간혹 채마밭에서 나는 듯한 벌레 소리가 어두운 밤에 별빛 같은 그러한 느낌을 던져 주었다. 그는 아기를 그의 뛰는 가슴속에 꼭 대며 자기가 아무렇게서라도 살아야 할 것 같았다. '내가 왜 죽어, 꼭 산다. 너희들을 위하여 꼭 산다.' 하고 중얼거렸다. 애를 낳기 전에는 아니, 보다도 이 아픔을 겪기 전에는 죽는다는 말이 그의 입에서 떠나지 않았고 또 진심으로 죽었으면 하고 생각도 많이 하였다. 그러나 마침 죽음과 삶의 경계선에서 아차아차한 고비를 넘기고 겨우 소생한 그는 어쩐지 죽고 싶지는 않았다. 오히려 삶의 환희를 느꼈다. 그가 하필 이번뿐만이 아니라 이러한 경우를 여러 번 당하였으나 그러나 남편의 생전에는 죽음에 대하여 한 번도 생각해 보지도 않았으며 역시 죽고 싶지도 않았다. 그래서 죽음이란 아무 생각 없이 대하였을 뿐이었다.

이튿날 봉염의 어머니는 곤히 자는 봉염이를 흔들어 깨웠다. 봉염이는 벌떡 일어났다.

"너 이거 내다가 빨아 오너라. 그저 물에 헹구면 된다."

피에 젖은 속옷이며 걸레뭉치를 뭉쳐서 그의 손에 들려 주었다. 그때 봉염의 어머니는 어쩐지 딸이 어려웠다. 그리고 딸의 시선이 거북스러움을 느꼈다. 봉염이는 아직도 가슴이 울렁거리며 모두가 꿈속에 보는 듯 분명하지를 않고 수없는 거미줄 같은 의문과 공포가 그의 조그만 가슴을 꼭 채웠다. 그는 얼른 일어나 밖으로 나왔다. 그의 어머니는 딸이 나가는 것을 보고 저것이 추울 터인데 하며 자신이 끝없이 더러워 보였다.

봉염의 신발 소리가 아직도 사라지기 전에 그는 아기의 얼굴을 자세히 들여다보았다. 볼수록 뭉치 정이 푹푹 든다. 그리고 아기의 얼굴에 얼굴을 맞대지 않고는 견디지 못하였다. 주인집에서 깨어 부산하게 구는 소리를 그는 들으며 '밥을 하는가, 밥을 좀 주려나, 좀 주겠지.' 하였다. 그리고 미역국 생각이 또 일어나며 김이 어린 미역국이 눈앞에 자꾸 어른거려 보인다. 따라서 배는 점점 더 고파 왔다. 이제 몇 시간만 더 이 모양으로 굶었다가는 그가 아무리 살고 싶어도 살 수가 없을 것 같았다. 그는 이러한 생각에 겁이 펄쩍 났다. 무엇을 좀먹어야 할 터인데 그는 눈을 뜨고 사면을 휘돌아보았다. 아직도 헛간은 컴컴하다. 컴컴한 저편 구석으로 약간씩 보이는 파뿌리! 그는 어제 저녁에 주인 여편네가 오늘 장에 내다 팔 파를 헛간으로 옮겨 쌓던 생각을 하며 '옳다! 아무 게라도 좀 먹으면 정신이 들겠지.'

하고 얼른 몸을 솟구어 파 뿌리를 뽑았다. 그러나 주인이 나오는 듯하여 그는 몇 번이나 뽑은 파를 입에 대다가도 감추곤 하였다. 마침내 그는 파를 입 속에 넣었다. 그리고 우쩍 씹었다. 그때 이가 시큼하며 딱 맞찔린다. 그래서 그는 얼굴을 찡그리며 입을 쩍 벌린 채 한참이나 벌리고 있었다.

침이 턱밑으로 흘러내릴 때에야 그는 얼른 손으로 침을 몰아넣으며 이 침이라도 목구멍으로 삼켜야 그가 살 것 같았다. 그는 다시 파를 입에 넣고 이번에는 씹지는 않고 혀끝으로 우물우물하여 목으로 넘겼다. 넘어가는 파는 왜 그리도 차며 빳빳한지, 그의 목구멍은 찢어지는 듯 눈물이 쑥 비어졌다. '파를 먹구도 사는가.' 그는 이렇게 생각하며 헛간 문 사이로 보이는 하늘을 멍하니 쳐다보았다.

그때 신발 소리가 나며 헛간 문이 홱 열린다.

"어머이, 용애 어머이를 빨래터에서 만났어. 그래서 지금 와!"

말이 채 마치기 전에 용애 어머니가 들어온다. 봉염이 어머니는 얼결에 일어나 그의 손을 붙들고 소리를 내어 울었다. 용애 어머니는 싼더거우서 한집안 같이 가까이 지내었던 것이다. 그래서 봉염이를 따라 이렇게 왔으나 그들의 참담한 모양에 반가움이란 다 달아나고 '내가 어째서 여기를 왔던가.' 하는 후회가 일었다. 그리고 뭐라고 위로 할 말조차 생각나지 않았다.

"아니, 봉염이 어머이 이게 어찌 된 일이오."

한참 후에 용애 어머니는 입을 열었다. 봉염이 어머니는 울음을 그치고,

"다 팔자 사나워 그렇지요. 왜 죽지 않고 살았겠수…. 그런데 언제 나려왔수, 여기를?"

"우리? 작년에 모두 왔지. 우리 동네서는 모두 떠났다오. 토벌난 통에 모두 밤도망들을 했지. 어디 농사할 수가 있어야지. 그래 여기 내려오니 이리 어렵구려."

봉염이 어머니는 퍽이나 반가웠다. 그리고 용애 어머니를 놓쳐서는 안 될 것을 번개같이 깨달으며 모든 것을 숨김없이 말하고 사정하리라고 결심하였다.

"용애 어머이, 난 아이를 낳았다우. 어젯밤에 이걸…. 어떡허우. 사람 하나 살리는 셈 치고 날 며칠 동안만 집에 있게 해주. 어떡허겠수. 나 같은 년 만나기만 불찰이지…."

그는 말끝에 또다시 울었다. 용애 어머니를 만나니 남편이며 봉식의 생각까지 겹쳐 일어나는 동시에 어째서 남은 다 저렇게 영감이며 아들딸을 데리고 다니며 잘사는데 나만이 이런 비운에 빠졌는가 하는 생각이 들었던 것이다.

용애 어머니는 한참이나 난처한 기색을 띠다가 한숨을 푹 쉬었다.

"그러시유. 할 수 있소."

용애 어머니는 더 물으려고도 안 하고 안 나오는 대답을 이렇게 겨우 하였다. 뒤에서 가슴을 졸이고 있던 봉염이까지 구원받은 듯하여 한숨을 '호' 내쉬었다.

"고맙수. 그 은혜를 어찌 갚겠수."

봉염의 어머니는 떨리는 음성으로 이렇게 말하고 봉염에게 아기를 업혀 주었다. 용애 어머니는 '이렇게 모녀를 데리고 가나? 남편이 뭐라고 나무라지나 않으려나?' 하는 불안에 발길이 무거워졌다.

용애네 집으로 온 그들은 사흘을 무사히 지냈다. 용애 어머니는 남의 빨래 삯을 맡아 날이 채 밝지도 않아서 빨랫가로 달아나고 용애 아버지는 철도공사 인부로 역시 그랬다. 그래서 근근이 살아가는 것을 보는 봉염의 어머니는 그들을 마주 바라볼 수 없이 어려웠다. 그래서 얼른 일어나고 말았다. 그날 저녁 봉염의 어머니는 빨랫가에서 돌아오는 용애 어머니를 보고

"나두 남의 빨래를 하겠으니 좀 맡아다 주."

용애 어머니는 눈을 크게 떴다.

"어서 더 눕고 있지, 웬일이오…. 어려워 말우."

용애 어머니는 갑자기 무슨 생각이 난 듯이 눈을 껌뻑이더니 다가앉았다. 부엌에서는 용애와 봉염이 종알거리는 소리가 들

렸다.

“아니, 저 나 빨래 맡아다 하는 집엔 젖유모를 구하는데…. 애가 딸렸다더라도 젖만 많으면 두겠다구 해. 그 대신 돈이 좀 적겠지만…. 어떠우?”

봉염의 어머니는 귀가 번쩍 뜨였다.

“참말이요? 애가 있어도 된대요?”

용애 어머니는 이 말에는 우물쭈물하고,

“하여간 말이야, 한 달에 십이삼 원을 받으면 집세 얻어서 봉염이와 애기는 따루 있게 하고 애기에겐 봉염의 어머니가 간간이 와서 젖을 멕이고 또 우유를 곁들이지 어떡허나. 큰애 같지 않아 갓난애니까 저게서 알면 재미는 좀 적을게요. 그러니 우선은 큰애라고 속이고 들어가야지. 그러니 그렇게만 되면 그 벌이가 아주 좋지 않우.”

봉염의 어머니는 벌이 자리가 난 것만 다행으로 가슴이 뛰도록 기뻤다. “그러면 어떻게든지 해서 들어가도록 해주우.” 하였다. 그리고 돈만 그렇게 벌게 되면 이 집에 신세진 것은 꼭 갚아야 겠다 하며 자는 아기를 돌아보았을 때 ‘저것을 떼고 남의 애에게 젖을 먹여?’ 하였다.

며칠 후에 몸이 다소 튼튼해진 봉염의 어머니는 드디어 젖유모로 채용이 되어 애기와 봉염이를 떨어치고 가게 되었다. 그리고 봉염이와 아기는 조그만 방을 세 얻어 있게 하였다. 그 후부터 아기는 봉염이가 맡아서 길렀다. 아기는 매일 같이 밤만 되면 불이 붙는 것처럼 울고 자지 않았다. 그때마다 봉염이는 아기를 업고 잠 오는 눈을 꼬집어 당기면서 방 안을 거닐었다. 그리고 나중에는 아기와 같이 소리를 내어 울면서 어두운 문밖을 내다보곤 하는 때가 종종 있었다.

이렇게 지나기를 한 일 년이 되니 아기는 우는 것도 좀 나아지고 오줌이며 똥도 누겠노라고 낑낑대었다. 봉염이는 아기를 잘 거두어 주다가도 애가 놀러 왔는데 자꾸 운다든지 제 장난감을 흐트러 놓는다든지 하면 아기를 사정없이 때리었다. 그리고 미처 오줌과 똥을 누겠노라고 못 하고 방바닥에 싸 놓으면 사뭇 죽일 것같이 아기를 메치며 때리곤 하였다. 그것은 아기가 미워서 때리는 게 아니고 제 몸이 고달프고 귀찮으니 그렇게 하는 것이었다.

아기의 이름은 봉염의 이름자를 붙여서 봉희라고 지었다. 봉희는 이젠 우유를 안 먹고 간간이 어머니의 젖과 밥을 먹었다. 그는 이제야 겨우 빨빨 기었다. 그리고 때로는 오뚝 일어서고 자착자착 걸었다. 그러나 눈치는 아주 엉뚱나게 밝았다. 그러므로 어떤 때는 똥과 오줌을 방바닥에 싸놓고도 언니가 때릴 것이 무서워서

"으아."

하고 때리기 전부터 미리 울곤하였다. 그리고 어떤 때는 봉염이가 동무와 놀 양으로 봉희를 보고 자라고 소리치면 봉희는 잠도 안 오는 것을 눈을 꼭 감고서 땀을 뻘뻘 흘리며 자는 체하였다. 그가 돌이 지나도록 자란 것은 뼈도 아니요 살도 아니요 눈치와 머리통뿐이었다. 머리통은 조그만 바가지통만은 하였다. 그리고 머리통이 몹시도 굳었다. 그러나 이 머리통을 싸고 있는 머리카락은 갓 낳던 그대로 노란 것이 나스스하였다. 어쨌든 그의 전체에서 명 붙어 보이는 곳이란 이 머리통같이도 보이고, 혹은 이 머리통이 너무 체에 맞지 않게 크므로 못 이겨서 오래 살지 못하고 죽을 것 같이 무겁게 보이곤 했다.

봉희는 어머니를 알아보았다. 그래서 어머니가 왔다 갈 때마다 그는 번번이 울었다. 그때마다 삼 모녀는 서로 붙안고 한참씩이나 울다가 헤지곤 하였다.

어느 여름날이다. 봉염이는 열병에 걸려 밥도 못 지어 먹고서 자리에 누워 있었다. 온몸이 불같이 뜨거워서 미처 어디가 아픈지도 알아낼 수가 없었다. 곁에서 봉희는 '앵앵' 울었다. 봉염이는 어머니나 와 주었으면 하면서 어제 먹다 남은 밥을 봉희의 앞에 놔주었다. 봉희는 울음을 그치고 밥을 퍼 넣는다. 봉염이는 눈을 딱 감고 팔을 이마에 올려놓았다. 그러다 신발 소리 같아 눈을 번쩍 떠서 보면 어머니는 아니요, 곁에서 봉희가 밥그릇 쥐어 당기는 소리다. 그는 화가 버럭 났다.

“잡놈의 계집애 한자리에서 먹지 여기저기 다니며 버려 놓니!”

눈을 부릅떴다. 봉희는 금시 울음이 터져 나오는 것을 참으며 입을 비죽비죽하였다. 그리고 문을 돌아보았다. 필시 봉희도 어머니를 찾는 것이라고 봉염이는 얼른 생각되었을 때 그는

“어머니!”

하고 소리치고 싶은 충동을 강하게 받았다. 그는 입술을 꼭 다물고 한참이나 울 듯 울 듯이 봉희를 바라다보았다.

“봉희야, 너 엄마 보고 싶니? 우리 갈까?”

그는 누가 시켜 주는 듯이 이런 말을 쑥 뱉었다. 봉희는 말끄러미 보더니 밥술을 뎅그렁 놓고 달아온다. 봉염이는 ‘아차, 내가 공연한 말을 했구나!’ 후회하면서 봉희를 힘껏 껴안았다.

그때 두 줄기 눈물이 그의 볼에 뜨겁게 흘러내리는 것을 그는 깨달았다.

“어머이는 왜 안 나와. 오늘은 꼭 올 차례인데. 그렇지 봉희야!”

봉희는 아무것도 모르고,

“응.”

하고 대답할 뿐이었다.

“어서 밥 머. 우리 봉희는 착해.”

봉염이는 봉희의 머리를 내려 쓸고 내려놓았다. 봉희는 또다시 밥술을 쥐고 밥을 먹었다.

봉염이는 멍하니 천장을 바라보았다. 언제인가 어머니가 와서 깨끗이 쓸어 주고 가던 거미줄은 또다시 연기같이 슬어 붙었다. '어머니는 거미줄이 슬었는데두 안 온다니.' 하였다. 그 후에도 어머니는 몇 번이나 왔건만 그 기억은 아득하여 이런 말을 하지 않고는 견디지 못하였다. 그는 돌아누우며 '어머니가 조반을 먹고서 명수를 업고 문밖을 나오나…. 에크, 이젠 되놈의 상점은 지났겠다. 이젠 문 앞에 왔는지도 모르지.' 하고, 다시 문편을 흘금 바라보았다. 그러나 신발 소리는 들리지 않았다. 오직 봉희가 술구는 소리뿐이다.

그는 벌떡 일어나서 문을 탁 열어 젖혔다. 봉희는 어쩐 까닭을 모르고 한참이나 언니를 말끄러미 바라보다가 발발 기어왔다.

그는 코에서 단김이 확확 내뿜는 것을 깨달으며 팔싹 주저앉았다. 밖에는 곁집 부인이 흰 빨래를 울바자*에 바삭바삭 소리를 내며 널고 있었다. 바자** 밖으로 넘어오는 손끝은 흡사히 어머니의 다정한 그 손인 듯, 그리고 금시로 젖비린내를 가득히

---

* 울바자: 울타리에 쓰는 바자.

** 바자: 대, 갈대, 수수깡, 싸리 따위로 발처럼 엮거나 결어서 만든 물건. 울타리를 만드는 데 쓰인다.

피우는 어머니가 저 바자 밖에 섰는 듯하였다. 그는 젖비린내 속에 앉아 있으면 어쩐지 맘이 푹 놓이고 평안함을 느꼈다.

그는 못 견디게 어머니 품에 자기의 다는 몸을 탁 안기고 싶었다. 그는 목이 마른 듯하여 물을 찾았다. 그래서 봉희가 밥 말아 먹던 물을 마셨지마는 어쩐지 더 답답하였다.

이렇게 자리에 못 붙고 안타까워하던 그는 어느새 잠이 들었다가 무엇에 놀라 후닥닥 깨었다. 그의 얼굴에 수없이 붙었던 파리 소리만이 '왱왱' 하고 났다. 그는 얼른 봉희가 없는 데 정신이 바짝 들었다. 뒤이어 '어머니가 왔었나? 그래서 봉희만 데리고 어디를 나갔나.' 하는 생각이 들자 그만 발악을 하고 울고 싶었다.

그는 미친 듯이 달려 일어났다. 그래서 밖으로 튀어나가니 어머니와 봉희는 보이지 않았다. 그리고 찌는 듯한 더위는 마당이 붉어지도록 내리쪼인다. '어디 갔을까? 어머니가?' 하고 울 밖에까지 쫓아나갔다가 앞집 부인을 만났다.

"우리 어머이 못 봤우?"

"못 봤어…. 왜 어디 아프냐, 너?"

어머니 못 봤다는 말에 더 말하고 싶지 않은 그는 눈이 벌개서 찾아다니다가 방으로 들어왔다. 그때 뒤뜰에서 무슨 소리가 나므로 벌떡 일어나 뛰어나갔다.

저편 뜨물 동이 옆에는 봉희가 붙어 서서 그 큰 머리를 숙이고 마치 젖 빨듯이 입을 뜨물 동이에 대고 뜨물을 꼴깍꼴깍 들이마시고 있다. 그리고 머리털은 햇볕에 불을 댄 것처럼 빨갛다.

어머니의 마음

사흘 후에 봉염이는 드디어 죽고 말았다. 그의 어머니는 할 수 없이 유모를 그만두고 명수네 집에서 나오게 되었으며 봉희 역시 몹시 앓더니 그만 죽었다. 형제나 죽는 것을 본 주인집에서는 그를 나가라고 성화치듯 하였다. 그는 참다못해서 주인 마누라와 아우성을 치면서 싸웠다. 그리고 끌어내기 전에는 움직이지 않을 뜻을 보이고 하루 종일 방 안에 누워 있었다. 전날에 그는 미처 집세를 못 내도 주인 대하기가 거북하였는데 지금은 어디서 이러한 대담함이 생겼는지 그 스스로도 놀랄 만하였다.

이제도 그는 주인 마누라와 한참이나 싸웠다. 만일 주인 마누라가 좀 더 야단을 쳤다면 그는 칼이라도 가지고 달라붙고 싶었다. 그러나 다행히 주인 마누라는 그 눈치를 채었음인지 슬그머니 들어가고 말았다.

"흥! 누구를 나가래. 좀 안 나갈걸, 암만 그래두."

이렇게 중얼거리며 그는 문 편을 노려보았다. 그리고 좀 더 싸우지 않고 들어가는 주인 마누라가 어쩐지 부족한 듯하였다. 그는 지금 땅이라도 몇 십 길 파고야 견딜 듯한 분이 우쩍우쩍 올라왔던 것이다.

분이 내려가더니 잠깐 잊었던 봉염이, 봉희, 명수까지 뻔히 떠오른다. 생각하면 할수록 그들은 자기가 일부러 죽인 듯했다. 그가 곁에 있었으면 애들이 그러한 병에 걸렸을는지도 모르거니와 설사 병에 걸렸다더라도 죽기까지는 않았을 것 같았다. 그는 가슴을 탁탁 쳤다.

"남의 새끼 키우느라 제 새끼를 죽인단 말이냐…. 이년들 모두 가면 난 어쩌란 말이. 날마자 다려가라."

하고 소리를 내어 울었다. 그러나 음성도 이미 갈리고 지쳐서 몇 번 나오지 못하고 콱 막힌다. 그리고는 목구멍만 찢어지는 듯했다. 그는 기침을 칵칵 하며 문밖을 흘끔 보았을 때 며칠 전 일이 불현듯이 떠올랐다.

그날 밤 비는 좍좍 퍼부었다. 봉염의 어머니는 봉염이가 앓는 것을 보고 가서 도무지 잠들 수가 없었다. 그래서 밤중에 그는 속옷 바람으로 명수의 집을 벗어났다. 그가 젖유모로 처음 들어갔을 때 밤마다 옷을 벗지 못하고 누웠다가는 명수네 식구가 잠만 들면 봉희를 찾아와서 젖을 먹이곤 하였다. 이 눈치를 챈 명수 어머니는 밤마다 눈을 밝히고 감시하는 바람에 그 후로는 감히 옷을 입지 못하고 누웠다가는 틈만 있으면 벗은 채로 달아오는 때가 종종 있었던 것이다. 그 밤, 낮에 다녀온 것을 명수 어머니가 뻔히 아는 고로 다시 가겠단 말을 못 하고 누웠다가 그들이 잠든 틈을 타서 소리 없이 문을 열고 나온 것이다. 사방은 지척을 분간할 수 없이 어두우며 몰아치는 바람결에 굵은 빗방울은 그의 벗은 어깨를 사정없이 내리쳤다. 그리고 눈이 뒤집히는 듯 번갯불이 번쩍이고 요란한 천둥소리가 하늘을 때려 부수는 듯 아뜩아뜩하였다.

그러나 그는 지금 아무것도 무서운 것이 없었다. 오직 그의 앞에는 저 하늘에 빛나는 번갯불같이 딸들의 신변이 각일각으로 걱정되었던 것이다. 그가 숨이 차서 집까지 왔을 때 문밖에 허연 무엇이 있음에 그는 깜짝 놀랐다. 그러나 그것은 봉염인 것을 직각하자 그는 와락 달려들었다.

"이년의 계집애 뒈지려고 예가 누웠냐?"

비에 젖은 봉염의 몸은 불 같았다. 그는 또다시 아뜩하였다. 그리고 간폭을 긁어 내는 듯함에 그는 부르르 떨었다. 따라서 젖유모고 무엇이고 다 집어뿌리겠다는 생각이 머리가 아프도록 났다. 그러나 그들이 방까지 들어와서 가지런히 누웠을 때 그의 머리에는 또다시 불안이 불 일듯 하였다. 명수가 지금 깨어서 그 큰집이 떠나갈 듯이 우는 것 같고 그리고 명수 어머니 아버지까지 깨어서 얼굴을 찡그리고 자기의 지금 행동을 나무라는 듯, 보다도 당장에 젖유모를 그만두고 나가라는 불호령이 떨어지는 듯, 아니 떨어진 듯, 그는 두 딸의 몸을 번갈아 만지면서도 그의 손끝의 감촉을 잃도록 이런 생각만 자꾸 들었다. 그는 마침내 일어났다. 자는 줄 알았던 봉희가 젖꼭지를 쥐고 달려 일어났다. 그리고

"엄마!"

하고 울음을 내쳤다. 봉염이는 차마 어머니를 가지 말란 말은 못 하고 흑흑 느껴 울면서 어머니의 치마 깃을 잡고,

"조금만 더…."

하던 그 떨리는 그 음성. 그는 지금도 들리는 듯하였다. 아니 영원히 잊혀지지 않을 것이다.

그는 벌떡 일어났다. 그리고 이 모든 생각을 하지 않으려고 방 안을 빙빙 돌았다. 그러나 불똥 튀듯 일어나는 이 쓰라린 기억은 어쩔 수가 없다. 그리고 명수의 얼굴까지 떠올라서 핑핑 돌아간다. 빙긋빙긋 웃는 명수.

"그놈 울지나 않는지…."

나오는 줄 모르게 이렇게 중얼거리고는 그는 억지로 생각을

돌리려고 맘에 없는 딴말을 지껄였다.

"에이, 이놈의 자식 너 때문에 우리 봉희 봉염이는 죽었다. 물러가라!"

그러나 명수의 얼굴은 점점 다가온다. 손을 들어 만지면 만져질 듯이…. 그는 얼른 손등을 꽉 물었다. 손등이 아픈 것처럼 그렇게 명수가 그립다. 그리고 발길은 앞으로 나가려고 주춤주춤하는 것을 꾹 참으며 어제 이맘때 명수의 집까지 갔다가도 명수 어머니에게 거절을 당하고 돌아오던 생각을 하며 맥없이 머리를 떨어뜨리었다. '흥! 제 자식 죽이고 남의새끼 보고 싶어 하는 이 어리석은 년아, 왜 죽지 않고 살아 있어? 왜 살아, 왜 살아, 그때 죽었으면 이 고생은 하지 않지.' 하며 남편의 죽은 것을 보고 '따라 죽을까?' 하던 그때 생각을 되풀이하였다. 그리고 자신이 이러한 비운에 빠지게 된 것은 남편이 죽었기 때문이라고 단정하였다. 그리고 남편을 죽인 공산당, 그에게 있어서는 철천지원수인 듯했다. 생각하면 팡둥도 그의 남편이 없기 때문에 그에게 그러한 일을 감행하지 않았던가. 그렇다 모두가 공산당 때문이다. 그때 공산당이라고 경비대에게 죽었다는 봉식이가 떠오르며 팡둥의 그 얼굴이 선명하게 나타난다.

"이놈, 내 아들이 공산당이라구…. 내쫓으려면 그냥 내쫓지 무슨 수작이냐. 더러운 놈…. 봉식아 살았느냐 죽었느냐?"

그는 봉식이를 부르고 나니 어떤 실 끝 같은 희망을 느꼈다. '국자가엘 가자. 그래서 봉식이를 찾자.' 할 때 그는 가기 전에 명수를 봐야겠다는 생각이 불쑥 일어난다. '명수, 명수야!' 하고 입 속으로 부르며 무심히 그는 그의 젖꼭지를 꼭 쥐었다. '지금쯤은 날 부르고 울지 않는가?' 그는 와락 뛰어나왔다. 그러나 명수 어머니의 그 얼굴이 사정없이 그의 앞을 콱 가로막는 듯했다. 그는 우뚝 섰다.

"이년! 명수를 왜 못 보게 하니. 네가 낳기만 했지 내가 입때 키우지 않았니. 죽일 년. 그 애가 날 더 따르지, 널 따르겠니. 명수는 내 거다."

하고 눈을 부릅떴다. 그러나 다음 순간에 명수의 머리카락 하나 자유로 만져 보지 못할 자신인 것을 깨달을 때 그는 머리를 푹 숙였다.

고요한 밤이다. 이 밤의 고요함은 그의 활활 타는 듯한 가슴을 눌러 죽이려는 듯했다. 이러한 무거운 공기를 헤치고 물큰 스치는 감자 삶은 내! 그는 지금이 감자 철인 것을 얼핏 느끼며 누구네가 감자를 이리도 구수하게 삶는가 하며 휘돌아보았다. 그리고 뜨끈한 감자 한 톨 먹었으면 하다가

"흥!"

하고 고소를 하였다. 무엇을 먹고 살겠다는 자신이 기막히게

가련해 보였던 것이다. 그는 벽을 의지해서 하늘을 멍하니 바라보았다. 하늘에는 달이 둥실 높이 떴고 별들이 종종 반짝인다. 빛나는 별, 어떤 것은 봉염의 눈 같고 봉희의 눈 같다. 그리고 명수의 맑은 눈 같다. 젖을 주무르며 쳐다보던 명수의 그 눈.

"에이 이놈 저리 가라!"

그는 또다시 이렇게 중얼거렸다. 그리고 봉희 봉염의 눈을 생각하였다. 엄마가 그리워서 퉁퉁 붓도록 울던 그 눈들. 아아 이 세상에서야 어찌 다시 대하랴! 공동묘지에나 가볼까 하고 그는 충충 걸어 나올 때, 달 아래 고요히 놓인 수없는 묘지들이 휙 지나친다. 그는 갑자기 싫은 생각이 냉수같이 그의 등허리를 지나친다. 여기에 툭 튀어나오는 달 같은 명수의 그 얼굴, 그는 멈칫 서며 '죽음이란 참말 무서운 것이다.' 하며 시름없이 저편을 바라보았다. 그때 그는 무엇에 놀란 사람처럼 후닥닥 달려 나왔다.

앞집 처마 끝 그림자와 이 집 처마 끝 그림자 사이로 눈송이같이 깔리어 나간 달빛은 지금 명수가 자지 않고 자기를 부르며 누워 있을 부드러운 흰 포단과 같았던 것이다. 그러나 그것은 그의 볼을 사정없이 후려치는 듯한 달빛이었다. 그는 두 손으로 볼을 쥐고 그 달빛을 밟고 섰다. 그리고

"명수야!"

하고 쏟아져 나오는 것을 숨이 막히게 참으며 조금도 이지러짐이 없는 저 달을 쳐다보았다. 그의 눈에는 어느덧 눈물이 술술 흐른다. 그리고 '정이란 치사한 것이다!' 라고 생각하였다.

그는 문득 그의 그림자를 굽어보며 이제로부터 자신은 살아야 하나 죽어야 하나가 의문이 되었다. 맘대로 하면 당장이라도 죽어서 아무것도 잊으면 이 위에 더 행복은 없을 것 같다.

그러고 나니 그의 몸은 천근인 듯, 이 무게는 죽음으로써야 해결할 것 같다. '죽으면 어떻게 죽나? 양잿물을 마시고…. 아니 아니 그것은 못 할 게야. 오장육부가 다 썩어 내리고야 죽으니 그걸 어떻게…. 그러면 물에 빠져….' 그의 앞에는 핑핑 도는 푸른 물결이 무섭게 나타나 보인다. 그는 흠칫하며 벽을 붙들었다. '사는 날까지 살자. 그래서 봉식이도 만나 보고 그놈들 공산당들도 잘되나 못되나 보구. 하늘이 있는데 그놈들이 무사할까 부야. 이놈들 어디 보자.' 그는 치를 부르르 떨었다. 마침 신발 소리가 나므로 그는 주인 마누라가 또 싸우러 나오는가 하고 안방 편으로 머리를 돌렸다. 반대 방향에서,

"왜 거기 섰수?"

그는 휙근 돌아보자 용애 어머니임에 반가웠다. 그리고 저가 명수의 소식을 가지고 오는 듯싶었다.

"명수 봤수?"

"명수? 아까 낮에 잠깐 봤수."

"울지? 자꾸 울 게유!"

용애 어머니는 그를 물끄러미 바라보며 아까 명수가 발악을 하고 울던 생각을 하였다. 그리고 봉염의 어머니 역시 얼마나 명수를 보고 싶어 한다는 것을 즉석에서 알 수가 있었다.

"어제 갔댔수, 명수한테?"

"예. 그년이, 죽일 년이 애를 보게 해야지. 흥! 잡년 같으니."

용애 어머니는 잠깐 주저하다가,

"가지 말아요. 명수 어머니가 벌써 어서 알았는지 봉염이, 봉희가 염병에 죽었다구 하면서 펄펄 뛥데다. 아예 가지 말아유."

그는 용애 어머니마저 원망스러워졌다.

"염병은 무슨 염병. 그 애들이 없는데야, 무슨 잔수작이래유. 그만두래. 내 그 자식 안 보면 죽을까. 뭐, 안 가. 안 가유, 흥!"

명수 어머니가 앞에 섰는 듯 악이 바락바락 치밀었다. 그의 기색을 살피는 용애 어머니는,

"그까짓 말은 그만둡시다. 우리, 저녁이나 해자셨수?"

치맛길을 휩싸고 쪼그려 앉은 용애 어머니에게서는 청어 비린내가 물큰 일어난다. 그는 갑자기 자기가 배가 고파서 이렇게 더 어렵다는 것을 알았다. 그리고 용애 어머니에게 말하여 식은 밥이라도 좀 먹어야겠다 하였다.

"오늘도 또 굶었구려. 산 사람은 먹어야지유! 내 그럴 줄 알고 밥을 좀 가져오렸더니…. 잠깐 기대리우 내 얼른 가져올게."

용애 어머니는 얼른 일어나서 나간다. 봉염의 어머니는 하반신이 끊어지는 듯 배고픔을 느끼며 겨우 방 안으로 들어가서 쾅 하고 누워 버렸다. 용애 어머니는 왔다.

"좀 떠보시유. 그리고 정신을 차려유. 그러구 살 도리를 또 해야지…. 저 참 이 남는 장사가 있수?"

봉염의 어머니는 한참이나 정신없이 밥을 먹다가 용애 어머니를 바라보았다.

"아주 이가 많이 남아유. 저, 거시기 우리 영감도 그 벌이 하러 오늘 떠났다오."

"무슨 벌이유?"

벌이라는 말에 그의 귀는 솔깃하였다. 용애 어머니는 음성을 낮추며,

"소금장사 말유."

"붙잡히면 어찌유?"

봉염의 어머니는 눈을 둥그렇게 떴다.

"그러기에 아주 눈치 빠르게 잘 해야지. 돈벌이 하랴면 어느 것이나 쉬운 것이 어디 있수 뭐."

그는 이렇게 말하면서 먼 길을 떠난 영감의 신변이 새삼스럽

게 더 걱정이 되었다. 한참이나 그들은 잠잠하고 있었다.

"봉염의 어머니두 몸이 튼튼해지거들랑 좀 해 봐유. 조선서는 소금 한 말에 삼십 전 안에 든다는데, 여기 오면 이 원 삼십 전! 얼마나 남수."

그의 말에 봉염의 어머니는 기운이 버쩍 나면서도 다시 얼핏 생각하니 두 딸을 잃은 자기다. 남들은 아들딸을 먹여 살리려고 소금 짐까지 지지만 자신은 누구를 위하여? 마침내 자기 일신을 살리려라는 결론을 얻었을 때 그는 너무나 적적함을 느꼈다. 그러나 아무리 자기 일신일지라도 스스로 악을 쓰고 벌지 않으면 누가 뜨물 한 술이나 거저 줄 것일까? 굶는다는 것은 차라리 죽음보다도 무엇보다 무서운 것이다. 보다도 참기 어려운 것은 그것이다. 요전까지는 그의 정신이 흐리고 온 전신이 나른하더니 지금 밥술을 입에 넣으니 확실히 다르지 않은가. 그리고 가슴을 누르는 듯하던 주위의 공기가 가뿐해 오지 않는가. 살아서는 할 수 없다, 먹어야지…. 그때 그는 문득 중국인의 헛간에서 봉희를 낳고 파뿌리를 씹던 생각이 났다. 그는 몸서리를 쳤다. 그리고 그 동안에 그는 명수네 집에 비록 맘 고통은 있었을지라도 배고픈 일은 당하지 않았다는 것을 처음으로 느꼈다. 그는 명수의 얼굴을 또다시 머리에 그리며 '명수가 못 견디게 자꾸 울어서 명수 어머니가 할 수 없이 날 또다시 데려가지 않으려나?' 하면서 밥술을 놓았다.

"왜 더 자시지. 이젠 아무 생각도 말구 내 몸 튼튼할 생각만 해유."

"튼튼할…. 흥, 사람의 욕심이란…. 영감 죽어, 아들딸…."

그는 음성이 떨리어 목멘 소리를 하면서 문 편을 시름없이 바라보았다. 달빛에 무서우리만큼 파리해 보이는 그의 얼굴을 바라보는 용애 어머니는 나가는 줄 모르게 한숨을 쉬었다.

그리고 하늘도 무심하다 하며 달빛을 쳐다보았다.

"그럼 어쩌우. 목숨 끊지 못 하구 살 바에는 튼튼해야지. 지나간 일은 아예 생각지 말아유."

이렇게 말하는 용애 어머니는 그의 곁으로 다가앉으며 흐트러진 그의 머리를 만져 주었다.

그는 얼핏 명수가 젖을 먹으며 그 토실토실한 손으로 그의 머리카락을 쥐어뜯던 생각이 나서 적이 가라앉았던 가슴이 다시 후닥닥 뛴다. 그는 무의식간에 용애 어머니의 손을 덥석 쥐었다.

"명수 지금 잘까유?"

말을 마치며 용애 어머니 무릎에 그는 머리를 파묻고 소리를 내어 울었다. 어느덧 용애 어머니 눈에서도 눈물이 흘렀다.

"울지 마우. 그까짓 남의 새끼 생각지 말아유. 쓸데 있수?"

"한 번만 보구는…. 난 안 볼래유. 이제 가유, 네? 용애 어머니."

자기 혼자 가면 물론 거절할 것 같으므로 그는 용애 어머니를 데리고 가려는 심산이었다. 용애 어머니는 아까 입에 못 담게 욕을 하던 명수 어머니를 얼핏 생각하며 난처해 하였다. 그래서 그는 언제까지나 잠잠하고 있었다. 봉염이 어머니는 벌떡 일어났다. 그리고 용애 어머니의 손을 잡아끌었다.

"봉염이 어머니, 좀 진정해유. 우리 내일 가봅시다."

하고 그를 꼭 붙들어 주저앉히었다. 달빛은 여전히 그들의 얼굴에 흐르고 있다.

밀수입

북국의 가을은 몹시도 스산하다. 우레 같은 바람 소리가 대지를 뒤흔드는 어느 날 밤, 봉염의 어머니는 소금 너 말을 자루에 넣어서 이고 일행의 뒤를 따랐다. 그들 일행은 모두가 여섯 사람인데 그 중에 여인은 봉염의 어머니뿐이었다. 앞에서 걷는 길잡이는 십여 년을 이 소금 밀수로 늙었기 때문에 눈 감고도 용이하게 길을 찾아가는 것이다. 그러므로 그들은 이 길잡이에게 무조건 복종을 하였다. 그리고 며칠이든지 소금 짐을 지는 기간까지는 벙어리가 되어야 하며 그 대신 의사 표시는 전부 행동으로 하곤 하였다.

그들은 열을 지어 나란히 걸었다. 바람은 여전히 불었다. 그들은 앞에 사람의 행동을 주의하며 이 바람 소리가 그들을 다 그쳐 오는 어떤 신발 소리 같고 또 어찌 들으면 순사의 고함치는 소리 같아 숨을 죽이곤 하였다. 그리고 '어제도 이 근방 어디서 소금 짐을 지다 총에 맞아 죽은 사람이 있다지.' 하며 발걸음 옮김을 따라 이러한 불안이 저 어둠과 같이 그렇게 답답하게 그들의 가슴을 캄캄케 하였다.

남들은 솜옷을 입었는데 봉염의 어머니는 겹옷을 입고 발가락이 나오는 고무신을 신었다. 그러나 추운 것은 모르겠고 시간이 지날수록 머리에 인 소금자루가 무거워서 견딜 수 없다. 머리 복판을 쇠뭉치로 사정없이 뚫는 것 같고 때로는 불덩이를 이고 가는 것처럼 자꾸 따가웠다. 그가 처음에 소금자루를 일 때 사내들과 같이 엿 말을 이려 했으나, 사내들이 극력 말리므로 애수한 것을 참고 너 말을 이게 된 것이다. 그런 것이 소금자루를 이고 단 십 리도 오기 전에 이렇게 머리가 아팠다. 그는 얼굴을 잔뜩 찡그리고 두 손으로 소금자루를 조금씩 쳐들어 아픈 것을 진정하였으나 아무 쓸데도 없고 팔까지 떨어지는 듯이 아프다. 그는 맘대로 하면 이 소금자루를 힘껏 쥐어뿌리고 그 자리에서 자신도 그만 넌쩍 죽고 싶었다. 그러나 그것은 공연한 맘뿐이었다. 발길은 여전히 사내들의 뒤를 따라간다. '사내들과 같이 저렇게 나도 등에 져 보더라면…. 이제라도 질 수가 없을까. 그러려면 끈이 있어야지 끈이…. 좀 쉬어 가지 않으려나 쉬어 갑시다.' 금시로 이러한 말이 입 밖에까지 나오다는 칵 막히고 만다. 그리고 여전히 손길은 소금자루를 들어 아픈 것을 진정하려 하였다.

이마와 등허리에서는 땀이 낙수처럼 흘러서 발밑까지 내려왔다. 땀에 젖은 고무신은 왜 그리도 미끄러운지 걸핏하면 그는 쓰러지려 하였다. 그래서 그는 정신을 바짝 차리면 벌써 앞에 신발 소리는 퍽으나 멀어졌다. 그는 기가 나서 따라오면 숨이 칵칵 막히고 옆구리까지 결린다. '두 말이나 일 것을…. 그만 쏟아 버릴까? 어쩌누?' 소금자루를 어루만지면서도 그는 차마 그리하지는 못하였다.

어느덧 강물 소리가 어렴풋이 들린다. 그들은 이 강물 소리만 들어도 한결 답답한 속이 좀 풀리는 듯하였다. 강가에 가면 이 소금 짐을 벗어 놓고 잠시라도 쉴 것이며 물이라도 실컷 마실 것 등을 생각하였던 것이다. 그러면서도 '강 저편에 무엇들이 숨어 있지나 않을까?' 하는 불안이 강물 소리를 따라 높아진다. 봉염의 어머니는 시원한 강물 소리조차도 아픔으로 변하여 그의 고막을 바늘 끝으로 꼭꼭 찌르는 듯 이 모양대로 조금만 더 가면 기진하여 죽을 것 같았다. 마침 앞에 사내가 우뚝 서므로 그도 따라 섰다. 바람이 무섭게 지나친 후에 어디선가 벌레 울음소리가 물결을 따라 들렸다. '낑' 하고 앞에 사내가 앉는 모양이다. 그도 '털썩' 하고 소금자루를 내려놓으며 쓰러졌다. 그리고 얼른 머리를 두 손으로 움켜쥐며 바늘로 버티어 있는 듯한 눈을 억지로 감았다. 그러면서도 '앞에 사내들이 참말로 다들 앉았는가. 나만이 이렇게 쓰러졌는가.' 하여 주의를 게을리하지 않았다.

아픈 것이 진정되니 온몸이 후들후들 떨린다. 그는 몸을 웅크릴 때 앞에 사내가 그를 꾹 찌른다. 그는 후닥닥 일어났다. 사내들의 옷 벗는 소리에 그는 한층 더 정신이 바짝 들었다.

그는 잠깐 주저하다가 옷을 훌훌 벗어 돌돌 뭉쳐서 목에 달아매었다. 그때 그는 놀릴 수 없이 아픈 목을 어루만지며 '용정까지 이 목이 이 자리에 붙어 있을까?' 하는 의문이 들었다. 그리고 사내가 이어 주는 소금자루를 이고 다시 걷기 시작하였다.

벌써 철버덕철버덕 하는 물소리가 나는 것으로 보아 앞에 사람은 강물에 들어선 모양이다. 벌써 그의 발끝이 모래사장을 거쳐 물속에 들어간다. 그는 오소소 추우며 알 수 없는 겁이 버쩍 들어서 물결을 굽어보았다. 시커멓게 보이는 그 속으로 물결소리만이 요란하였다.

그리고 뭉클뭉클 내리 밀치는 물결이 그의 몸을 울려 주었다. 그때마다 머리끝이 쭈뼛해지며 오한을 느꼈다. 그리고

"흑."

하고 숨을 들이마셨다.

물이 깊어 갈수록 발밑에 깔린 돌이 굵어지며 걷기도 몹시 힘들었다. 그것은 돌이 께느른한* 해감탕** 속에 묻히어 있기 때문이다. 그래서 걸핏하면 미끈하고 발끝이 줄달음을 치는 바람에 정신이 아득해지곤 하였다. 봉염의 어머니는 몇 번이나 발이 미끄러지고 또 곱디디었다. 물은 젖가슴을 확실히 지나쳤다. 그때 그의 발끝은 어떤 바위를 디디다가 미끈하여 달음질쳐 내려간다. 그 순간 온몸이 화끈해지도록 그는 소금자루를 버티고 서서 넘어지려는 몸을 바로잡으려 하였다. 그러나 벌어지는 다리와 다리를 모두는 수가 없었다. 그리고 소리를 쳐서 앞에 사내들에게 구원을 청하려 하나 웬일인지 숨이 막히고 답답해지며 암만소리를 질러도 나오지도 않거니와 약간 나오는 목소리도 물결과 바람결에 묻혀 버리곤 하였다. 그는 죽을힘을 다하여 왼발에 힘을 들이고 섰다. 그때 그는 죽는 것도 무서운 것도 아뜩

---

* 께느른하다: 몸을 움직이고 싶지 않을 만큼 느른하다.

** 해감탕: 바닷물 따위에서 흙과 유기물이 썩어서 이루어진 진흙탕.

하고 다만 소금자루가 물에 젖으면 녹아 버린다는 생각만이 미끄러져 내려가는 발끝으로부터 머리털 끝까지 뻗치었다.

앞서 가는 사내들은 거의 강가까지 와서야 봉염의 어머니가 따르지 않는 것을 눈치채고 근방을 찾아보다가 하는 수 없이 길잡이가 오던 길로 와 보았다. 길잡이는 용이하게 그를 만났다. 그리고 자기가 조금만 더 지체하였더라면 봉염이 어머니는 죽었으리라 직각되었다.

그는 봉염이 어머니의 손을 잡아 일으키며 일변 소금자루를 내리어 자기의 어깨에 메었다. 그리고 그의 발끝에 밟히는 바위를 직각하자 봉염이 어머니가 이렇게 된 원인이 여기 있는 것을 곧 알았다. 그리고 자기는 이 바위 옆을 훨씬 지나쳐 길을 인도하였는데 어쩐 일인가하며 봉염이 어머니의 손을 꼭 쥐고 걸었다.

봉염의 어머니는 정신이 흐릿해졌다가 이렇게 걷는 사이에 정신이 조금 들었다. 그러나 몸을 건사하기 어렵게 어지러우며 입안에서 군물이 실실 돌아 헛구역질이 자꾸 나온다. 그러면서도 머리에는 아직도 소금자루가 있거니 하고 마음대로 머리를 움직이지 못하였다.

그들이 강가까지 왔을 때 맘을 졸이고 있던 나머지 사람들은 욱 쓸어 일어났다. 그리고 저마다 두 사람을 어루만지며 어떤 사람은 눈물까지 흘리었다. 자기들의 신세도 신세려니와 이 부인의 신세가 한층 더 불쌍한 맘이 들었다. 동시에 잠 한 잠 못 자고 오롯이 굶어 오며 자기들을 기다리고 있을 아내와 어린 것들이며 부모까지 생각하고는 뜨거운 한숨을 푸푸 쉬었다.

그 순간이 지나가니 또다시 맘이 졸이고 무서워서 잠시나마 가만히 앉아 있을 수가 없었다. 그래서 그들은 이번에는 봉염의 어머니를 가운데 세우고 여전히 걸었다. 이번에는 밭고랑으로 가는 셈인지 봉염이 어머니는 발끝에 조 벤 자국과 수수 벤 자국에 찔리어서 견딜 수 없이 아팠다. 그는 몇 번이나 고무신을 벗어 버리렸으나 그나마 버리지는 못하였다.

그는 언제나 이렇게 맘을 내고도 한 번도 그의 속이 흡족하게 실행하지는 못하였다. 그저 망설였다. 나중에는 고무신이 찢어져 조 뿌리나 수수 뿌리에 턱턱 걸려 한참씩이나 진땀을 뽑으면서도 여전히 버리지는 못하였다.

그들이 어떤 산마루턱에 올라왔을 때,

"누구냐? 손들고 꼼짝 말고 서라. 그렇지 않으면 쏠 터이다!"

이러한 고함소리와 함께 눈이 부시게 파란 불빛이 쏵 하고 그들의 얼굴에 비친다. 그들은 이 불빛이 마치 어떤 예리한 칼날 같고 또 그들을 향하여 날아오는 총알 같아서 무의식간에 두 손을 번쩍 들었다. 그리고 이젠 '소금을 빼앗겼구나!' 하고 그들은 저만큼 속으로 생각하였다. 이렇게 단정은 하면서도 웬일인지 '저들이 공산당이 아닌가. 혹은 마적단인가.' 하며 진심으로 그리 되었으면 하고 바랐다. 공산당이나 마적단들에게는 잘 빌면 소금 짐 같은 것은 빼앗기지 않기 때문이었다.

길잡이로부터 시작하여 깡그리 몸 뒤짐을 하고 난 저편은 꺼풋*하고 불을 끄고 한참이나 중얼중얼하였다. 그들은 불을 끄니 전신이 소름이 오싹 끼치며, '저놈들이 칼을 빼어 들었는가. 혹은 총부리를 겨누었는가.' 하여 견딜 수 없이 안타까웠다. 그때 어둠 속에서는,

"여러분! 당신네들이 왜 이 밤중에 단잠을 못 자고 이 소금 짐을 지게 되었는지 알으십니까!"

쇳소리 같은 웅장한 음성이 바람결을 타고 높았다 떨어진다. 그들은 '옳다! 공산당이구나! 소금은 빼앗기지 않겠구나. 저들에게 뭐라구 사정하면 될까.' 하고 두루 생각하였다. 저편의 음성은 여전히 흘러나왔다. 그들은 말하는 시간이 지날수록 어서 말을 그치고 놓아 보냈으면 하였다. 그리고 이 산 아래나 혹은 이 산 저편에 경비대가 숨어 있어 우리들이 공산당 의연설을 듣고 있는 것을 들으면 어쩌나 하는 불안이 자꾸 일어난다.

* 꺼풋: 『북한어』 바람에 날리어 매우 힘 있게 떠들리며 빠르고 세게 움직이는 모양.

봉염의 어머니는 저편의 연설을 듣는 사이에 싼더거우 있을 때 봉염이를 따라 학교에 가서 선생의 연설 듣던 것이 얼핏 생각히며 흡사히도 그 선생의 음성 같았다. 그는 머리를 번쩍 들며 저편을 주의해 보았다. 다만 칠 같은 어둠만이 가로막힌 그 속으로 음성만 들릴 뿐이다. 그는 얼른 우리 봉식이도 저 가운데나 섞이지 않았는가 하였으나 그는 곧 부인하였다. 그리고 봉식이가 보통 아이와 달라 똑똑한 아이니 절대로 그런 축에는 섞이지 않았을 것이라고 단정되었다. 이렇게 생각하고 나니 봉식이에 대한 불안은 적어지나 저들의 말하는 것이 어쩐지 이 소금자루를 빼앗으려는 수단 같기도 하고 저 말을 그치고 나면 우리를 죽이려는가 하는 의문이 자꾸 들었다.

어둠 속에서 연설이 끝난 후에 원로에 잘 다녀가라는 인사까지 받았다. 그들은 얼결에 또다시 걸었다. 그러면서도 저들이 우리를 돌려보내는 것처럼 하고 뒤로 따라오며 총질이나 하지 않으려나 하여 발길이 허둥거렸다. 그러나 그들이 산을 넘어 밭머리로 들어설 때 비로소 안심하고 … (원문 탈락) … 한숨 끝에 탄식하였다.

봉염의 어머니는 조급한 맘을 진정할수록 '저들이 의심할 수 없는 공산당들이었구나!' 하였다. 그리고 아까 그들의 앞에서 꼼짝하지 못하고 섰던 자신을 비웃으며 세상에 제일 못난 것은 자기라 하였다. 남편을 죽이고 자기를 이와 같은 구렁에 빠뜨린 저들 원수를 마주 서고도 말 한마디 못 하고 떨고 섰던 자신! 보다도 평시에 저주하고 미워하던 그 맘조차도 그들 앞에서는 감히 생각도 못 한 자기. 아아! 이러한 자기는 지금 살겠노라고 소금자루를 지고 두 다리를 움직인다. 그는 기가 막혀서 웃음이 나올 지경이었다. 그리고 못난 바보일수록 살겠다는 욕망은 더 크다고 깨달았다. 동시에 한 가지 의문 되는 것은 저들이 어째서 우리들의 소금 짐을 빼앗지 않고 그냥 보내었을까가 의문이었다. '그렇게 사람 죽이기를 파리 죽이듯 하고 돈과 쌀을 잘 빼앗는 그놈들이….' 하며 그는 이제야 저주하기 시작하였다.

그들은 낮에는 산 속에서 혹은 풀숲에서 숨어 지내고 밤에만 걸어서 사흘 만에야 겨우 용정까지 왔다. 집까지 온 봉염의 어머니는 소금자루를 얻다가 감추어야 좋을지 몰라 한참이나 망설이다가 낡은 상자 안에 넣어서 방 한구석에 놓고야 되는 대로 주저앉았다. 방 안에는 찬바람이 실실 돌고 방바닥은 얼음덩이 같이 차다. 그는 머리와 발가락을 어루만지며 목이 메어서 울었다. 집에 오니 또다시 봉염이며 봉희며 명수까지 선하게 보이는 듯하였던 것이다. 그들이 곁에 있으면 이렇게 쓰리고 아픈 것도 한결 나을 것 같다. 그는 한참이나 울고 난 뒤에 사흘 동안이나 지난 생각을 하며 무의식간에 몸서리를 쳤다. 그리고 이 눈물도

여유가 있어야 나온다는 것을 알았다. 그는

"으흠."

하고 신음을 하며 누울 때 소금 처치할 것이 문득 생각힌다. 남들은 벌써 다 팔았을 터인데 누가 소금 사러 오지 않는가 하여 문편을 흘금 바라보다가 '내가 소금 짐을 져왔는지, 여왔는지 누가 알아야지. 그만 내가 일어나서 앞집이며 뒷집을 깨워서 물어 볼까? 그러다가 참말 순사를 만나면 어떻게.' 하며 그는 부시시 일어나려 하였다.

"아!"

소리를 지르도록 다리뼈 마디가 맞찔리어 그는 한참이나 진정해 가지고야 상자 곁으로 왔다.

그는 잠깐 귀를 기울여 밖을 주의한 후에 가만히 손을 넣어 소금자루를 쓸어 만졌다. '이것을 팔면 얼만가…. 팔 원하고 팔십 전! 그러면 밀린 집세나 마저 물고…. 한 달 살까? 이것을 밑천으로 무슨 장사라도 해야지. 무슨 장사?' 하며 그는 무심히 만져지는 소금덩이를 입에 넣으니 어느덧 입 안에는 군물이 시르르 돌며 밥이라도 한술 먹었으면 싶게 입맛이 버쩍 당긴다. 그는 입맛을 다시며 침을 두어 번 삼킬 때 '소금이란 맛을 나게 한다. 아무리 좋은 음식이나 소금이 들지 않으면 맛이 없다. 그렇다!' 하였다. 그때 그는 문득 남편과 아들딸이 생각히며 그들이 있으면 이 소금으로 장을 담가서 반찬 해 먹으면 얼마나 맛이 있을까! 그러나 그들을 잃은 오늘에 와서 장을 담을 생각인들 할 수가 있으랴! 그저 죽지 못해 먹는 것이다. 그는 한숨을 푹 쉬었다. 생각하니 자신은 소금 들지 않은 음식과 같이 심심한 생활을 한다. 아니 괴로운 생활을 한다. '이렇게 괴로운….' 하며 그는 머리를 슬슬 어루만졌다. 머리는 얼마나 이그러지고 부어올랐는지 만질 수도 없이 아프고 쓰리었다.

그는 얼굴을 상자에 대며, '봉식아, 살았느냐 죽었느냐 이 어미를 찾으렴…. 난 더 살 수 없다!' 어느 때인가 되어 무엇에 놀라 그는 벌떡 일어났다. 벌써 날은 환하게 밝았는데 어떤 양복쟁이 두 명이 소금자루를 내놓고 그를 노려보고 있다. 그는 그들이 순사라는 것을 번개같이 깨닫자 풀풀 떨었다.

"소금표 내놔!"

관염官鹽은 꼭 표를 써주는 것이다. 그때 그는 숨이 콱 막히며 앞이 캄캄해 왔다. 그리고 얼른 두만강에서 소금자루를 빠뜨리지 않으려고 죽을힘을 다하였었던 그때와 흡사하게도 그의 신경이 날카로워지는 것을 느꼈다. 그때는 길잡이가 와서 그의 손을 잡아 살아났지만 아아! 지금에 단포와 칼을 찬 저들을 누가 감히 물리치고 자기를 구원할까?

"이년! 너 사염私鹽을 팔러 다니는 년이구나. 당장 일어나라!"

순사는 그의 눈치를 채고 이것이 관염이 아닌 것을 곧 알았다. 그래서 그는 이렇게 소리치며 그의 손을 잡아 낚아챘다. 별안간 그의 몸은 화끈 달며 어젯밤 … (이하 원문 탈락) …

-끝-

1904. 9. 8.

계용묵

1961. 8. 9.

1935

백치 아다다

二

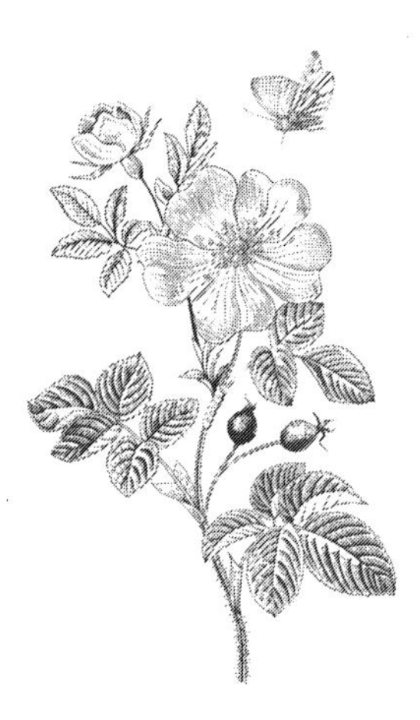

●

질그릇이 땅에 부딪히는 소리가 났다고 들렸는데 마당엔 아무도 없다. 부엌에 쥐가 들었나? 샛문을 열어 보려니까,

"아, 아아, 아이, 아아, 아야." 하는 소리가 뒤란 곁으로 들려온다. 샛문을 열려던 박 씨는 뒷문을 밀었다.

장독대 밑 비스듬한 켠 아래 아다다가 입을 헤 벌리고 납작하니 엎뎌져 두 다리만을 힘없이 버지럭거리고 있다. 그리고, 머리 편으로 한 발쯤 나가선 깨어진 동이 조각이 질서 없이 너저분하게 된장 속에 묻혀 있다.

"아이구테나! 무슨 소린가 했더니! 이 년이 동애를 또 잡았구나! 이 년아, 너더러 된장 푸래든! 푸래?"

어머니는 딸이 어딘가 다쳤는지 일어나지도 못하고 아파하

는 데 가는 동정심보다 깨어진 동이만이 아깝게 눈에 보였던 것이다.

"어, 어마! 아다아다, 아다, 아다."

모닥불을 뒤집어쓰는 듯한 끔직한 어머니의 음성을 또다시 듣게 되는 아다다는 겁에 질려 얼굴에 시퍼런 물이 들며 넘어진 연유를 말하여 용서를 빌려는 기색이나 말이 되지를 않아 안타까워한다.

아다다는 벙어리였던 것이다. 말을 하려고 할 때는 한다는 것이 아다다 소리만이 연거푸 나왔다. 어찌어찌하다가 말이 한마디씩 제법 되어 나오는 적도 있었으나 그것은 쉬운 말에 그치고 만다.

그래서, 이것을 조롱 삼아 확실이라는 뚜렷한 이름이 있음에도 불구하고 누구나 그를 부르는 이름은 아다다였다. 그리하여 이것이 자연히 이름으로 굳어져 그 부모네까지도 그렇게 부르게 되었거니와, 그 자신조차도 '아다다' 하고 부르면 마땅히 들을 이름인 듯이 대답을 했다.

"이 년 까타나 끌이 세구나! 시켠엘 못 가갔으문 오늘은 어드메든지 나가서 뒈디고 말아라, 이 년아! 이 년아! 이 년아!"

어머니는 눈알을 가로 세워 날카롭게도 흰자위만으로 흘기며 성큼 문턱을 넘어선다. 아다다는 어머니의 손길이 또 자기의 끌채를 감아쥘 것을 연상하고 몸을 겨우 뒤재비 꼬아 일어서서 절룩절룩 굴뚝 모퉁이로 피해 가며 어쩔 줄을 모르고 일변 고개를 좌우로 돌려 살피며 아연하게도,

"아다, 어, 어마! 아다, 어마! 아, 아다다다다다!" 하고 부르짖는다. 다시는 일을 아니 저지르겠다는 듯, 그리고 한 번만 용서를 하여 달라는 듯싶게.

그러나 사정을 모르는 채 기어코 쫓아간 어머니는,

"이 년! 어서 뒈데라. 뒈디기 싫긴 시집으로 당장 가거라. 못 가간?"

그리고 주먹을 귀 뒤에 넌지시 얼메고 마주선다.

순간, 주먹이 떨어지면? 하는 두려운 생각에 오싹 하고 끼치는 소름이 튀해 논 닭 같이 전신에 돋아나는 두드러기를 느끼는 찰나, 턱 하고 마침내 떨어지는 주먹은 어느새 끌채를 감아쥐고 갈짓자로 흔들어 댄다.

"아다, 어어, 어마! 아, 아고, 어, 어마!"

그러나 소용이 없다. 한 번 손을 댄 어머니는 그저 죽어 싸다는 듯이 자꾸만 흔들어 댄다. 하니, 그렇지 않아도 가꾸지 못한 텁수룩한 머리는 물결처럼 흔들리며 구름같이 피어나선 엉클어진다.

그래도 아다다는 그저 빌 뿐이요, 조금도 반항하려고는 않는

다. 이런 일을 거의 날마다 지내보는 것이기 때문에 한대야 그것은 도리어 매까지 사는 것이 됨을 아는 것이다. 집의 일이 아무리 꼬여 돌아가더라도 나 모르는 채 손 싸매고 들어앉았으면 오히려 이런 봉변을 아니 당할 것이, 가만히 앉았지는 못했다.

선천적으로 타고난 천치에 가까운 그의 성격은 무엇엔지 힘에 부치는 노력이 있어야 만족을 얻는 듯했다. 시키건 안 시키건, 헐하나 힘차나 가리는 법이 없이 하여야 될 일로 눈에 띄기만 하면 몸을 아끼는 일이 없이 하는 것이 그였다.

그래서 집안의 모든 고된 일은 실은 아다다가 혼자서 치워놓게 된다. 그러나 어머니는 그것이 반갑지 않았다. 둔한 지혜로 차비 없이 뼈가 부러지도록 몸을 돌보지 않고, 일종 모험에 가까운 짓을 하게 되므로, 그 반면에 따르는 실수가 되려 일을 저질러 놓게 되어 그릇 같은 것을 깨쳐 먹는 일은 거의 날마다 있다 하여도 옳을 정도로 있었다.

그래도 아다다의 힘을 빌지 않고는 집안일을 못 치겠다면 모르지만, 그는 참여하지 않아도 행랑에서 차근차근히 다 해줄 일을 쓸데없이 가로맡아선 일을 저질러 놓고 마는 데 그 어머니는 속이 상했다.

본시 시집을 보내기 전에도 그 버릇은 지금이나 다름이 없이, 벙어리인데다 행동까지 그러하였으므로 내용 아는 인근에서는 그를 얻어가려는 사람이 없었다. 그리하여 열아홉 고개를 넘기도록 처묻어 두고 속을 태우다 못해 깃으로 논 한 섬지기를 처넣어 똥 치듯 치워 버렸던 것이 그만 5년이 멀다 다시 쫓겨 와 시집에는 아예 갈 생각도 아니 하고 하루 같은 심화를 울렸다.

그래서 어머니는 역겨운 미움에 아다다가 실수를 할 때마다 주릿대를 내리고 참예를 말건만, 그는 참는다는 것이 그 당시뿐이요, 남이 일을 하는 것을 보면 속이 쏘는 듯이 슬그머니 나와서 곁을 슬슬 돌다가는 손을 대고 만다.

바로 사흘 전엔가도 무명뇜을 할 때, 활작 달은 솥뚜껑을 차비 없이 맨손으로 열다가 뜨거움을 참지 못해 되는 대로 집어 엎는 바람에, 자배기를 하나 깨쳐서 욕과 매를 한모태 겪고 났지만 어제 저녁 행랑 색시더러 오늘은 묵은 된장을 옮겨 담아야 되겠다고 이르는 말을 어느 겨를에 들었던지 아다다는 아침밥이 끝나자 어느새 나가서 혼자 된장을 펴 나르다가 그만 또 실수를 한 것이었다.

"못 가간? 시집이! 못 가간? 이 넌! 못 가 갔음 죽어라!"

붙잡았던 머리를 힘차게 휙 두르며 밀치는 바람에 손을 감겼던 머리카락이 끊어지는지 빠지는지 무뚝 묻어나며 아다다는 비칠비칠 서너 걸음 물러난다.

순간, 아찔해진 아다다는 넘어지지 않으려고 애써 버지럭거

리며 빠치는 다리에 겨우 진정을 얻어 세우자,

"아다, 어마! 아다, 어마! 아다! 아다!" 하고, 다시 달려들듯이 눈을 흘기고 섰는 어머니를 향하여 눈물 글썽한 눈을 끔벅한 번 감아 보이고, 그리고 북쪽을 손가락질하여 어머니의 말대로 시집으로 가든지 그렇지 않으면 죽어라도 버리겠다는 뜻으로 고개를 주억이며 겁에 질려 어쩔 줄을 모르고 허청허청 대문 밖으로 몸을 이끌어 냈다.

나오기는 나왔으나, 갈 곳이 없는 아다다는 마당귀를 돌아서선 발길을 더 내놓지 못하고 우뚝 섰다. 시집으로 간다하였으나 아무리 생각해도 남편의 매는 어머니의 그것보다 무섭다. 그러면 다시 집으로 돌아가나? 이번에는 외상없는 매가 떨어질 것 같다. 어디로 가야 하나?

갈 곳 없는 갈 곳을 뒤짜 보니 눈물이 주는 위로밖에 쓸데없는 5년 전 그 시집이 참을 수 없이 그립다. 추울세라, 더울세라, 힘이 들까, 고단할까, 알뜰살뜰히 어루만져 주던 시부모, 밤이면 품속에 꼭 껴안아 피로를 풀어 주던 남편, 아! 얼마나 시집에서는 자기를 위하여 정성을 다하던 것인고.

참으로 아다다가 처음 시집을 가서의 5년 동안은 온 집안의 사랑을 한몸에 받아 왔던 것이 사실이다.

벙어리라는 조건이 귀에 들어맞는 것이 아니었으나, 돈으로 아내를 사지 아니하고는 얻어 볼 수 없는 처지에서 스물여덟 살에 아직 장가를 못 들고 있는 신세로 목구멍조차 치기 어려운 형세이었으므로 아내를 얻게 되기의 여유를 기다리기까지에는 너무도 막연한 앞날이었다.

벙어리이나 일생을 먹여 줄 것까지 가지고 온다는 데 귀가 번쩍 띄어 그 자리를 앗길까 두렵게 혼사를 치렀던 것이니, 그로 인해서 먹고살게 되는 시집에서는 아다다를 아니 위할 수가 없었던 것이다.

그러한 가운데 또한 아다다는 못하는 일이 없이 일 잘하고, 고분고분 말 잘 듣고, 조금도 말썽을 부리는 일이 없었다. 그래서 생활고가 주는 역겨움이 쓸데없이 서로 눈독을 짓게 하여 불쾌한 말만으로 큰 소리가 끊일 새 없이 오고 가던 가족은 일시에 봄비를 맞은 동산같이 화락의 웃음에 꽃이 피었다.

원래, 바른 사람이 못되는 아다다에게는 실수가 없는 것이 아니었으나, 그로 의해서 밥을 먹게 된 시집에서는 조금도 역겹게 안 여겼고, 되레 위로하고 허물을 감추는 데 서로 힘을 썼다.

여기에 아다다가 비로소 인생의 행복을 느끼며, 시집가기 전 지난날 어머니 아버지가 쓸데없는 자식이라는 구실 밑에, 아니, 되레 가문을 더럽히는 앙화자식이라고 사람으로서의 푼수에도 넣어 주지 않고 박대하던 일을 생각하여 어머니 아버지를 원망하는 나머지 명절 목이나 제향 때이면 시집에서는 그렇게 가보라는 친정이었건만 이를 악물고 가지 않고, 행복 속에 묻혀 살던 지나간 그 날이 아니 그리울 수가 없었다.

그러나 그날은 안타깝게도 다시 못 올 영원한 꿈속에 흘러가고 말았다.

해를 거듭하여 생활의 밑바닥에 깔아 놓았던 한 섬지기라는 거름이 차츰 그들을 여유로운 생활로 이끌어, 몇백 원 돈이 눈앞에 굴게 되니, 까닭 없이 남편 되는 사람은 벙어리로서의 아내가 미워졌다.

조그만 실수가 있어도 눈을 흘겼다. 그리고 매를 내렸다. 이 사실을 아는 아버지는 그것을 들어오는 복을 차 버리는 짓이라고 타이르나 듣지 않았다. 그리하여 부자간에 충돌이 때로는 일어났다.

이럴 때마다 아버지에게는 감히 하고 싶은 행동을 못 하는 아들은 그러한 분을 아내에게로 돌려 풀기가 일쑤였다.

"이 년, 보기 싫다! 네 집으로 가거라." 그리고 다음에 따르는 것은 매였다. 그러나 아다다는 참아 가며 아내로서의, 며느리로서의 임무를 다했다.

이것이 시부모로 하여금 더욱 아다다를 귀엽게 만드는 것이어서 아버지에게서는 움직일 수 없는 며느리인 것을 깨닫게 된 아들은 가정적으로 불만을 느끼어 한 해의 농사를 지은 추수를 온통 팔아가지고 집을 떠나 마음의 위안을 찾아 주색에 돈을 다 탕진하고 물거품 같이 밀려 돌아가 동무들과 짝지어 안동현安東縣으로 건너갔다.

그리하여 이 투기적 도시에 물젖어 노동의 힘으로 본전을 얻어선 〈양화〉와 〈은떼루〉에 투기하여 황금을 꿈꾸어 오던 것이 기적적으로 맞아 나기 시작하여 이태 만에는 2만 원에 가까운 돈을 손에 쥐고 완전한 아내로서의 알뜰한 사랑에 주렸던 그는 돈에 따르는 무수한 여자 가운데에서 마음대로 골라 가지고 집으로 돌아왔다.

그리고는 새로운 살림을 꿈꾸는 일변 새로이 가옥을 건축함과 동시에 아다다를 학대함이 전에 비할 정도가 아니었다. 이에는, 그 아버지도 명민하고 인자한 남부끄럽지 않은 새 며느리에게 마음이 쏠리는 나머지, 이미 생활은 걱정이 없이 되었으니, 아다다의 깃으로서가 아니라도 유족한 앞날의 생활을 내다볼 때 아들로서의 아다다에게 대하는 태도는 소모도 마음에 걸리는 것이 없었다.

그리하여 시부모의 눈에서까지 벗어나게 된 아다다는 호소할 곳조차 없는 사정에 눈감은 남편의 매를 견디다 못 해 집으로 쫓겨오게 되었던 것이니, 생각만 하여도 옛 맷자리가 아픈 그

시집은 죽으면 죽었지 다시는 찾아갈 생각은 없었던 것이다.

그래서 집에 있게 되니 그것보다는 좀 헐할망정 어머니의 매도 결코 견디기에 족한 것이 아니다. 그리고 그것은, 날마다 더 심해만 왔다. 오늘도 조금만 반항이 있었던들, 어김없이 매는 떨어지고 말았을 것이다.

그리고 어디로 가나? 아무리 생각을 해 보아야 그저 이 세상에서는 수롱이네 집밖에 또 찾아갈 곳이 없었다. 수롱은 부모 동생조차 없는 삼십이 넘은 총각으로 누구보다도 자기를 사랑하여 준다고 믿는 단 한 사람이었다. 그리하여 쫓기어 날 때마다 그를 찾아가선 마음의 위안을 얻어 오던 것이다.

아다다는 문득 발걸음을 떼어 아지랑이 얼른거리는 마을 끝 산턱 아래 떨어져 박힌 한 채의 오막살이를 향하여 마당귀를 꺾어 돌았다.

수롱은 벌써 1년 전부터 아다다를 꾀어 왔다. 시집에서까지 쫓겨난 벙어리였으나, 김 초시의 딸이라, 스스로를 낮추어 보여지는 자신으로서는 자연히 염을 내지 못하고 뜻 있는 마음을 속으로 꾸며 가며 눈치를 보아 오던 것이, 눈치에서보다는 베풀어진 동정이 마침내 아다다의 마음을 사게 된 것이었다.

아이들은 아다다를 보기만 하면 따라다니며 놀렸다. 아니, 어른까지라도 '아다다, 아다다' 하고 골을 올려서, 분하나 말을 못 하고 이상한 시늉을 하며 투덜거리는 것을 봄으로 행복을 느끼는 듯이 손뼉을 치며 웃었다.

그래서 아다다는 사람을 싫어하였다. 집에 있으면 어머니의 욕과 매, 밖에 나오면 뭇 사람들의 놀림, 그러나 수롱이만은 자기를 사랑하는 것이었다. 아이들이 따라다닐 때도 남들이 아니 말려 주는 것을 그는 말려 주고, 그리고 매에 터질 듯한 심정을 풀어 주는 것이었다.

그리하여 아다다는 마음이 불편할 때마다 수롱을 생각해 오던 것이 얼마 전부터는 찾아다니게까지 되어 동네의 눈치에도 어느덧 오른 지 오래였다.

그러나 아다다의 집에서도 그 아버지만이 지체를 가지기 위하여 깔맵게 아다다의 행동을 경계하는 듯하고 그 어머니는 도리어 수롱이와 배가 맞아서 자기의 눈앞에 보이지 아니하고 어디로든지 달아났으면 하는 눈치를 알게 된 수롱이는 지금에 와서는 어느 정도까지 내어놓다시피 그를 사귀어 온다.

아다다는 제집처럼 서슴지도 않고 달리어 오자마자 수롱이네 집 문을 벌컥 열었다.

"아, 아다다!"

수롱은 의외에 벌떡 일어섰다.

"너 또 울었구나."

울었다는 것이 창피하긴 하였으나, 숨길 차비가 아니다. 호소할 길 없는 가슴속에 꽉 찬 설움은 수롱이의 따뜻한 위무가 어떻게도 그리웠는지 모른다.

방 안에 들어서기가 바쁘게 쫓기어 난 이유를 언제나 같이 낱낱이 고했다.

"그러기 이젠 아야 다시는 집으로 가지 말구 나하구 둘이서 살아, 응?"

그리고 수롱은 의미 있는 웃음을 벙긋벙긋 웃으며, 아다다의 등을 척척 두드려 달랬다. 오늘은 어떻게 해서든지 자기의 것으로 영원히 만들어 보고 싶은 욕망에 불탔던 것이다.

그러나 아다다는.

"아다, 무, 무서! 아다, 무, 무서! 아다, 아다다다!" 하고, 그렇게 한다면 큰일난다는 듯이 눈을 둥그렇게 뜬다.

집에서 학대를 받고 있느니보다는 수롱의 사랑 밑에서 살았으면 오죽이나 행복 되랴! 다시 집으로는 아니 들어가리라는 생각이 없었던 바도 아니었으나 정작 이런 말을 듣고 보니, 무엇엔지 차마 허하지 못할 것이 있는 것 같고, 그렇지 않은지라, 눈을 부릅뜨고 수롱이한테 다니지 말라는 아버지의 말이 연상될 때 어떻게도 그 말은 엄한 것이었다.

"우리 둘이 달아났음 그만이지, 무섭긴 뭐 무서워."

"……."

아다다는 대답이 없다.

딴은 그렇기도 한 것이다. 당장 쫓기어 난 몸이 갈 곳이 어딘고? 다시 생각을 더듬어 볼 때 어머니의 매는 아버지의 그 눈총보다도 몇 배나 더한 두려움으로 견딜 수 없이 아픈 것이다. 먼저 한 말이 금시 후회스러웠다.

"안 그래? 무서울 게 뭐야. 이젠 아예 가지 말구 나하구 있어, 응?"

"응, 아다, 이, 있어, 아다, 아다." 하고, 아다다는 다시 있자는 말이 나오기나 기다렸다는 듯이 그리고 살길을 찾았다는 듯이 한숨과 같이 빙긋 웃으며 있겠다는 뜻을 명백히 보이기 위하여 고개를 주억거리며 삿바닥을 손으로 툭툭 두드려 보인다.

"그렇지, 그래. 정 있으야 돼, 응?"

"응, 이서, 이서, 아다, 아다……."

"정말이냐?"

"으, 응. 정, 아다, 아다다……."

단단히 강문을 받고 난 수롱이는 은근히 솟아나는 미소를 금할 길이 없었다. 벙어리인 아다다가 흡족할 이치는 없었지만 돈으로 사지 아니하고는 아내라는 것을 얻어 볼 수 없는 처지였다. 그저 생기는 아내는 벙어리였어도 족했다.

그저 일이나 도와주고 아들딸이나 낳아주었으면 자기는 게서 더 바랄 것이 없었다. 아내를 얻으려고 10여 년 동안을 불피풍우 품을 팔아 궤 속에 꽁꽁 묶어 둔 1백 50원이란 돈이 지금에 와서는 아내 하나를 얻기에 그리 부족할 것은 아니나, 장가를 들지 아니하고 아다다를 꾀어 온 이유도 아다다를 꿤으로 돈을 남겨서 그 돈으로 살림의 밑천을 만들어 가정의 마루를 얹자는 데서였다.

이제 계획이 은근히 성공에 가까워져 옴에 자기도 남과 같이 가정을 이루어 보누나 하니 바라지도 못하였던 인생의 행복이 자기에게도 찾아오는 것 같았다.

"우리 아다다."

수롱이는 아다다의 등에 손을 얹으며 빙그레 웃었다.

"아다, 다다."

아다다도 만족한 듯이 히쭉 입이 벌어졌다.

그날 밤을 수롱의 품 안에서 자고 난 아다다는 이미 수롱의 아내 되기에 수줍음조차 잊었다. 아니, 집에서 자리를 받들어 들인다 하더라도 수롱을 떨어져서는 살 수 없으리만큼 마음은 굳어졌다.

수롱이가 주는 사랑은 이 세상에서는 더 찾을 수 없는 행복이라 느꼈다. 그러나 영원한 행복을 위하여는 이 자리에 그대로 박혀서는 누릴 수 없을 것이 다음에 남은 근심이었다.

수롱이와 같이 삶에는 첫째 아버지가 허하지 않을 것이요, 동네 사람도 부끄럽지 않은 노릇이 아니다. 이것은 수롱이도 짐짓 근심이었다. 밤이 깊도록 의논을 하여 보았으나 동네를 피하여 낯모르는 곳으로 감쪽같이 달아나는 수밖에는 다른 묘책이 없었다.

예식 없는 가약을 그들은 맹세하고 그날 새벽으로 그 마을을 떠나 신미도라는 섬으로 건너가서 그곳에 안주를 정하였다. 그러나 생소한 곳이므로 직업을 찾을 길이 없었다.

고기를 잡아먹고 사는 섬이라 뱃놀이를 하는 것이 제 길이었으나, 이것은 아다다가 한사코 말렸다. 몇 해 전에 자기 동네에서도 농토를 잃은 몇몇 사람이 이 섬으로 들어와 첫 배를 타다가 그만 풍랑에 몰살을 당하고만 일이 있었던 것을 잊지 못하는 때문이었다.

그렇지 않은지라, 수롱이조차도 배에는 마음이 없었다. 섬으로 왔다고는 하지만 땅을 파서 먹는 것이 조마구 빨 때부터 길러 온 습관이요, 손익은 일이었기 때문에 그저 그 노릇만이 그리웠다.

그리하여 있는 돈으로 어떻게 밭 날 갈이나 사서 조 같은 것이나 심어 가지로 겨울의 불목이와 양식을 대게하고 짬짬이 조개나 굴, 낙지, 이런 것들을 캐서 그날그날을 살아갔으면 그것이 더할 수 없는 행복일 것만 같았다.

그렇지 않아도 삼십 반생에 자기의 소유라고는 손바닥만한 것조차 없어, 어떻게도 몽매에 그리던 땅이었는지 모른다. 완전한 아내를 사지 아니하고 아다다를 꾀어 온 것도, 이 소유욕에서였다.

아내가 얻어진 이제, 비록 많지는 않은 땅이나마 가져 보고 싶은 마음도 간절하였거니와 또는 그만한 소유를 가지는 것이 자기에게 향한 아다다의 마음을 더욱 굳게 하는 데도, 보다 더한 수단일 것 같았기 때문이다.

그런데다, 본시 뱃놀이 판인 섬인데, 작년에 놀구지가 잘 되었다 하여 금년에 와서 더욱 시세를 잃은 땅은 비록 때가 기경시라 하더라도 용히 살 수까지 있는 형편이었으므로, 그렇게 하리라 일단 마음을 정하니 자기도 땅을 마침내 가져 보누나 하는 생각에 더할 수 없는 행복을 느끼며 아다다에게도 이 계획을 말하였다.

"우리 밭을 한 뙈기 사자, 그래두 농사허야 사람 사는 것 같다. 내가 던답을 살라고 묶어 둔 돈이 있거던!" 하고 수롱이는 봐라는 듯이 실겅* 위에 얹힌 석유통 궤 속에서 지전 뭉치를 뒤

* 실겅: 그릇 따위를 얹어 놓기 위하여 부엌의 벽 중턱에 드린 선반을 뜻하는 살강의 방언.

져내더니 손끝에다 침을 발라 가며 팔딱팔딱 뒤져 보인다.

그러나 이 돈을 본 아다다는 어쩐지 갑자기 화기가 줄어든다. 수롱이는 이상했다. 돈을 보면 기꺼워할 줄 알았던 아다다가 도리어 화기를 잃은 것이다. 돈이 있다니 많은 줄 알았다가 기대에 틀림으로써인가?

"이거 봐. 그래 뵈두 1천 5백 냥(1백 5십 원)이야. 지금 시세에 2천 평은 한참 놀다가두 떡 먹두룩 살 건테!"

그래도 아다다는 아무 대답이 없다. 무엇 때문엔지 수심의 빛까지 연연히 얼굴에 떠오른다.

"아니 밭이 2천 평이문 조를 심는다 하구 잘만 가꿔 봐! 조가 열 섬에 조 짚이 백여 목 날 터이야. 그래 이걸 개지구 겨울 한 동안이야 못 살아? 그렇거구 둘이 맞붙어 몇 해만 벌어 봐. 그 적엔 논이 또 나오는 거야. 이건 괜히 생……."

아다다는 말없이 머리를 흔든다.

"아니, 내레 이게 거즈뿌레기야? 아 열 섬이 못 나?"

아다다는 그래도 머리를 흔든다.

"아니, 그롬 밭은 싫단 말인가?"

아다다는 돈이 있다 해도 실로 그렇게 많은 줄은 몰랐다. 그래서 그 많은 돈으로 밭을 산다는 소리에 지금까지 꿈꾸어 왔던 모든 행복이 여지없이도 일시에 깨어지는 것만 같았던 것이다.

돈으로 인해서 그렇게 행복할 수 있던 자기의 신세는 남편(전남편)의 마음을 약하게 만듦으로, 그리고 시부모의 눈까지 가리는 것이 되어, 필야엔 쫓겨나지 아니치 못하게 되던 일을 생각하면 돈 소리만 들어도 마음은 좋지 않던 것인데, 이제 한 푼 없는 알몸인 줄 알았던 수롱이에게도 그렇게 많은 돈이 있어, 그것으로 밭을 산다고 기꺼워하는 것을 볼 때, 그 돈의 밑천은 장래 자기에게 행복을 가져다 주리람보다는 몽둥이를 벼리는 데 지나지 못하는 것 같았고, 밭에다 조를 심는다는 것은 불행의 씨를 심는 것만 같았기 때문이다.

아다다는 그저 섬으로 왔거니 조개나 굴 같은 것을 캐어서 그날그날을 살아가야 할 것만이 수롱의 사랑을 받는 데 더할 수 없는 살림인 줄만 안다. 그래서 이러한 살림이 얼마나 즐거우랴! 혼자 속으로 축복을 하며 수롱을 위하여 일층 벌기에 힘을 써야 할 것을 생각해 오던 것이다.

"고롬 논을 사재나? 밭이 싫으문."

수롱은 아다다의 의견이 알고 싶어 이렇게 또 물었다. 그러나 아다다는 그냥 고새를 주억여 버린다. 논을 산대도 그것은 똑같은 불행을 사는 데 있을 것이다. 돈이 있는 이상 어느 것이든지간 사기는 반드시 사고야 말 남편의 심사이었음에 머리를 흔들어 댔자 소용이 없을 것이었다.

그리하여 그 근본 불행인 돈을 어찌할 수 없는 이상엔 잠시라도 남편의 마음을 거슬림으로 불쾌하게 할 필요는 없다고 아는 때문이었다.

"흥! 논이 도흔 줄은 너두 아누나! 그러나 어려운 놈엔 밭이 논보다 나앗디 나아." 하고, 수롱이는 기어이 밭을 사기로 그달음에 거간을 내세웠다.

그날 밤, 아다다는 자리에 누웠으나 잠이 오지 않았다. 남편은 아무런 근심도 없는 듯이 세상모르고 씩씩 초저녁부터 자내건만, 아다다는 그저 돈 생각을 하면 장차 닥쳐올 불길한 예감에 잠을 이룰 수가 없었다. 이불을 붙안고 밤새도록 쥐어틀며 아무리 생각을 해야 그 돈을 그대로 두고는 수롱의 사랑 밑에서 영원한 행복을 누릴 수 있으리라고는 믿어지지 않았다.

짧은 봄밤은 어느덧 새어 새벽을 알리는 닭의 울음소리가 사방에서 처량히 들려온다. 밤이 벌써 새누나 하니 아다다의 마음은 더욱 조급하게 탔다. 이 밤으로 그 돈을 처리하지 못하면 한 내일은 기어이 거간이 흥정을 하여 가지고 올 것이다. 그러면 그 밭에서 나는 곡식은 해마다 돈을 불려 줄 것이다. 그때면 남편은 늘어가는 돈에 따라 차차 눈은 어둡게 되어 점점 정은 멀어만 가게 될 것이다. 그다음에는? 그다음에는 더 생각하기조차 무서웠다.

닭의 울음소리에 따라 날은 자꾸만 밝아 온다. 바라보니 어느덧 창은 희끄스름하게 비친다. 아다다는 더 누워 있을 수가 없었다. 옆에 누운 남편을 지그시 팔로 밀어 보았다. 그러나 움찍하지도 않는다. 그래도 못 믿어지는 무엇이 있는 듯이 남편의 코에다 가까이 귀를 가져다 대로 숨소리를 엿들었다.

씨근씨근 아직도 잠은 분명히 깨지 않고 있다. 아다다는 슬그머니 이불 속을 새어 나왔다. 그리고 실겅 위의 석유통을 휩쓸어 그 속에다 손을 넣었다. 그리하여 마침내 지전 뭉치를 더듬어서 손에 쥐고는 조심조심 발자국 소리를 죽여 가며 살그머니 문을 열고 부엌으로 내려갔다.

그리고는 일찌기 아침을 지어먹고 나무새기를 뽑으러 간다고 바구니를 끼고 바닷가로 나섰다. 아무도 보지 못하게 깊은 물 속에다 그 돈을 던져 버리자는 것이다.

솟아 오르른 아침 햇발을 받아 붉게 물들며 잔뜩 밀린 조수는 거품을 부걱부걱 토하며 바람결조차 철썩철썩 해안을 부딪친다.

아다다는 바구니를 내려놓고 허리춤 속에서 지전뭉치를 쥐어 들었다. 그리고는 몇 겹이나 쌌는지 알 수 없는 헝겊 조각을 둘둘 풀었다. 헤집으니 1원짜리, 5원짜리, 10원짜리, 무수한 관 쓴 영감들이 나를 박대해서는 아니 된다는 듯이 모두들 마주 바라본다. 그러나 아다다는 너 같은 것을 버리는 데는 아무런 미련도 없다는 듯이 넘노는 물결 위에다 휙 내어 뿌렸다.

세찬 바닷바람에 채인 지전은 바람결 좇아 공중으로 올라가 팔랑팔랑 허공에서 재주를 넘어가며 산산이 헤어져 멀리 그리고 가깝게 하나씩 하나씩 물위에 떨어져서는 넘노는 물결 좇아 잠겼다, 떴다 숨바꼭질을 한다.

어서 물속으로 가라앉든지 그렇지 않으면 흘러내려 가든지 했으면 하고 아다다는 멀거니 서서 기다리나 너저분하게 물위를 덮은 지전 조각들은 차마 주인의 품을 떠나기가 싫은 듯이 잠겨버렸는가 하면 다시 기울거리며 솟아올라서는 물 위를 빙글빙글 돈다. 하더니, 썰물이 잡히자부터야 할 수 없는 듯이 슬금슬금 밑이 떨어져 흐르기 시작한다.

아다다는 상쾌하기 그지없었다. 밀려 내려가는 무수한 그 지전 조각은 자기의 온갖 불행을 모두 거두어 가지고 다시 돌아올 길이 없는 끝없는 한바다로 내려갈 것을 생각할 때 아다다는 춤이라도 출 듯이 기꺼웠다.

그러나 그 돈이 완전히 눈앞에 보이지 않게 흘러내려 가기까지는 아직도 몇 분 동안을 요하여야 할 것인데, 뒤에서 허덕거리는 발소리가 들리기에 돌아다보니 뜻밖에도 수롱이가 헐떡이며 달려오는 것이 아닌가.

"야! 야! 아다다야! 너, 돈, 돈, 안 건새 핸? 돈, 돈 말이야 돈……."

청천의 벽력같은 소리였다. 아다다는 어쩔 줄을 모르고 남편이 이까지 이르지 전에 어서어서 물결은 휩쓸려 돈을 모두 거둬가지고 흘러 버렸으면 하나 물결은 안타깝게도 그날그날 한가히 돈을 흐를 뿐 아다다는 그 돈이 어서 자기의 눈앞에서 자취를 감추어 버리는 것을 보기 위하여 그닐거리고 있는 돈 위에다 쏘아 박은 눈을 떼지 못하고 쩔쩔매는 사이, 마침내 달려오게 된 수롱의 눈에도 필경 그 돈은 띄고야 말았다.

뜻밖에도 바다 가운데 무수하게 지천 조각이 널려서 앞서거니 뒤서거니 둥둥 떠내려가는 것을 본 수롱이는 아다다에게 그 연유를 물을 겨를도 없이 미친 듯이 옷을 훨훨 벗고 철버덩 물속으로 뛰어들었다.

그러나 헤엄을 칠 줄 모르는 수롱이는 돈이 엉키어 도는 한복판으로는 들어갈 수가 없었다. 겨우 가슴패기 잠기는 깊이에서 더 들어가지 못하고 흘러 내려가는 돈더미를 안타깝게도 바라보며 허우적 달려갔다. 차츰 물결은 휩쓸려 떠내려가는 속력이 빨라진다.

돈들은 수롱이더러 어디 달려와 보라는 듯이 휙휙 숨바꼭질을 하며 흐른다. 그러나 물결이 세질수록 더욱 걸음발은 자유로 졸릴 수가 없게 된다. 더퍽더퍽 물과 싸움이나 하듯 엎어졌다가는 일어서고, 일어섰다가는 다시 엎어지며 달려가나 따를 길이 없다.

그대로 덤비다가는 몸조차 물속으로 휩쓸려 들어갈 것 같아, 멀거니 서서 바라보니 벌써 지전 조각들은 가물가물하고 물거품인지도 분간할 수 없으리만치 먼 거리에서 흐르고 있다. 그러나 그것도 한순간이었다. 눈앞에선 아무것도 보여지는 것이 없다. 휙휙 하고 밀려 내려가는 거품 진 물결뿐이다.

수롱이는 마지막으로 돈을 잃고 말았다고 아는 정도의 물결 위에 쏘아진 눈을 돌릴 길이 없이 정신 빠진 사람처럼 그냥그냥 바라보고 섰더니, 쏜살같이 언덕켠으로 달려오자 아무런 말도 없이 벌벌 떨고 섰는 아다다의 중동을 사정없이 발길로 제겼다.

흥앗! 소리가 났다고 아는 순간, 철썩! 하고 감탕이 사방으로 튀자 보니 벌써 아다다는 해안의 감탕판에 등을 지고 쓰러져 있었다.

"이! 이! 이……."

수롱이는 무슨 말인지를 하려고는 하나, 너무도 기에 차서 말이 되지 않는 듯 입만 너불거리다가 아다다가 움찍하는 것을 보더니, 아직도 살았느냐는 듯이 번개같이 쫓아 내려가 다시 한 번 발길로 제겼다.

푹! 하는 소리와 함께 아다다는 가꿈선 언덕을 떨어져 덜덜덜 굴러서 물속에 잠긴다.

한참 만에 보니 아다다는 복판도 한복판으로 밀려가서 솟구어 오르며 두 팔을 물 밖으로 허우적거린다. 그러나 그 깊은 파도 속을 어떻게 헤어나랴! 아다다는 그저 물 위를 둘레둘레 굴며 요동을 칠 뿐, 그러나 그것도 한순간이었다. 어느덧 그 자체는 물속에 사라지고 만다.

주먹을 부르쥔 채 우상같이 서서 굼실거리는 물결만 그저 뚫어져라 쏘아보고 섰는 수롱이는 그 물속에 영원히 잠들려는 아다다를 못 잊어 함인가? 그렇지 않으면 흘러 버린 그 돈이 차마 아까워서인가?

짝을 찾아 도는 갈매기떼들은 눈물겨운 처참한 인생 비극이 여기에 일어난 줄도 모르고 끼약끼약하며 흥겨운 춤에 훨훨 날아다니는 깃 치는 소리와 같이 해안의 풍경도 도웁고 있다.

1900. 10. 2.

김동인

1951. 1. 5.

1925

감자

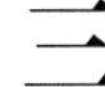

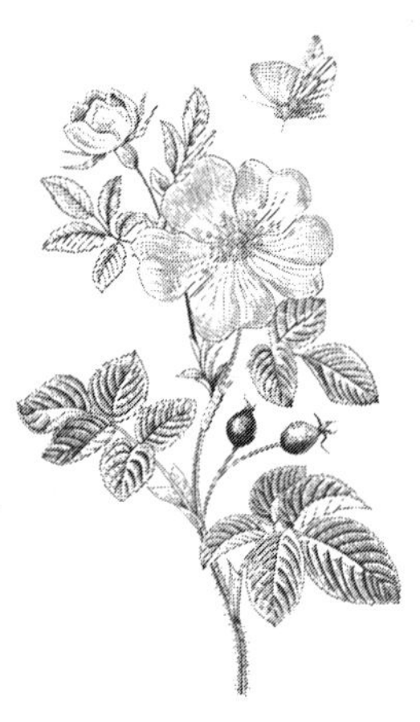

1

싸움, 간통, 살인, 도적, 구걸, 징역 이 세상의 모든 비극과 활극의 근원지인, 칠성문 밖 빈민굴로 오기 전까지는, 복녀의 부처는 (사농공상의 제2위에 드는) 농민이었었다.

복녀는, 원래 가난은 하나마 정직한 농가에서 규칙 있게 자라난 처녀였었다. 이전 선비의 엄한 규율은 농민으로 떨어지자부터 없어졌다 하나, 그러나 어딘지는 모르지만 딴 농민보다는 좀 똑똑하고 엄한 가율이 그의 집에 그냥 남아 있었다. 그 가운데서 자라난 복녀는 물론 다른 집 처녀들과 같이 여름에는 벌거벗고 개울에서 멱 감고, 바짓바람으로 동리를 돌아다니는 것을 예사로 알기는 알았지만, 그러나 그의 마음속에는 막연하나마

도덕이라는 것에 대한 저픔*을 가지고 있었다.

그는 열다섯 살 나는 해에 동리 홀아비에게 팔십 원에 팔려서 시집이라는 것을 갔다. 그의 새서방(영감이라는 편이 적당할까)이라는 사람은 그보다 이십 년이나 위로서, 원래 아버지의 시대에는 상당한 농군으로서 밭도 몇 마지기가 있었으나, 그의 대로 내려오면서는 하나둘 줄기 시작하여서 마지막에 복녀를 산 팔십 원이 그의 마지막 재산이었었다. 그는 극도로 게으른 사람이었었다. 동리 노인들의 주선으로 소작 밭깨나 얻어 주면, 종자만 뿌려 둔 뒤에는 후치질도 안 하고 김도 안 매고 그냥 내버려 두었다가는, 가을에 가서는 되는 대로 거두어서 '금년은 흉년이네' 하고 전주집에는 가져도 안 가고 자기 혼자 먹어 버리고 하였다. 그러니까 그는 한 밭을 이태를 연하여 부쳐 본 일이 없었다. 이리하여 몇 해를 지내는 동안 그는 그 동리에서는 밭을 못 얻으리만큼 인심을 잃고 말았다.

복녀가 시집을 간 뒤 한 삼사 년은 장인의 덕택으로 이렁저렁 지나갔으나, 이전 선비의 꼬리인 장인은 차차 사위를 밉게 보기 시작하였다. 그들은 처가에까지 신용을 잃게 되었다.

그들 부처는 여러 가지로 의논하다가 하릴없이 평양성 안으로

---

* 저픔: 두려움.

막벌이로 들어왔다. 그러나 게으른 그에게는 막벌이나마 역시 되지 않았다. 하루 종일 지게를 지고 연광정에 가서 대동강만 내려다보고 있으니, 어찌 막벌이인들 될까. 한 서너 달 막벌이를 하다가, 그들은 요행 어떤 집 막간(행랑)살이로 들어가게 되었다.

그러나 그 집에서도 얼마 안하여 쫓겨나왔다. 복녀는 부지런히 주인집 일을 보았지만 남편의 게으름은 어찌할 수가 없었다. 매일 복녀는 눈에 칼을 세워 가지고 남편을 채근하였지만, 그의 게으른 버릇은 개를 줄 수는 없었다.

"벳섬 좀 치워 달라우요."

"남 졸음 오는데. 님자 치우시관."

"내가 치우나요?"

"이십 년이나 밥 먹구 그걸 못 치워!"

"에이구, 칵 죽구나 말디."

"이년, 뭘."

이러한 싸움이 그치지 않다가, 마침내 그 집에서도 쫓겨나왔다. 이젠 어디로 가나? 그들은 하릴없이 칠성문 밖 빈민굴로 밀리어 나오게 되었다. 칠성문 밖을 한 부락으로 삼고 그곳에 모여 있는 모든 사람들의 정업*은 거라지요, 부업으로는 도적질과

* 정업: 정당한 직업이나 생업.

(자기네끼리의) 매음, 그 밖에 이 세상의 모든 무섭고 더러운 죄악이었었다. 복녀도 그 정업으로 나섰다.

2

그러나 열아홉 살의 한창 좋은 나이의 여편네에게 누가 밥인들 잘 줄까.

"젊은 거이 거랑질은 왜."

그런 소리를 들을 때마다 그는 여러 가지 말로, 남편이 병으로 죽어 가거니 어쩌거니 핑계는 대었지만, 그런 핑계에는 단련된 평양 시민의 동정은 역시 살 수가 없었다. 그들은 이 칠성문 밖에서도 가장 가난한 사람 가운데 드는 편이었다. 그 가운데서 잘 수입되는 사람은 하루에 오 리짜리 돈뿐으로 일 원 칠팔십 전의 현금을 쥐고 돌아오는 사람까지 있었다. 극단으로 나가서는 밤에 돈벌이 나갔던 사람은 그날 밤 사백여 원을 벌어 가지고 와서 그 근처에서 담배 장사를 시작한 사람까지 있었다.

복녀는 열아홉 살이었었다. 얼굴도 그만하면 빤빤하였다. 그 동리 여인들의 보통 하는 일을 본받아서 그도 돈벌이 좀 잘하는 사람의 집에라도 간간 찾아가면 매일 오륙십 전은 벌수가 있었지만, 선비의 집안에서 자라난 그는 그런 일은 할 수가 없었다. 그들 부처는 역시 가난하게 지냈다. 굶는 일도 흔히 있었다.

3

기자묘 솔밭에 송충이가 끓었다. 그때, 평양'부'에서는 그 송충이를 잡는 데 (은혜를 베푸는 뜻으로) 칠성문 밖 빈민굴의 여인들을 인부로 쓰게 되었다. 빈민굴 여인들은 모두 다 지원을 하였다. 그러나 뽑힌 것은 겨우 오십 명쯤이었다. 복녀도 그 뽑힌 사람 가운데 한 사람이었었다.

복녀는 열심으로 송충이를 잡았다. 소나무에 사다리를 놓고 올라가서는, 송충이를 집게로 집어서 약물에 잡아넣고 잡아넣고, 그의 통은 잠깐 새에 차고 하였다. 하루에 삼십이 전씩의 공전이 그의 손에 들어왔다.

그러나 대엿새 하는 동안에 그는 이상한 현상을 하나 발견하였다. 그것은 다른 것이 아니라, 젊은 여인부 한 여남은 사람은 언제나 송충이는 안 잡고 아래서 지절거리며 웃고 날뛰기만 하고 있는 것이었다. 뿐만 아니라, 그 놀고 있는 인부의 공전은 일하는 사람의 공전보다 팔 전이나 더 많이 내어주는 것이다.

감독은 한 사람뿐이지만 감독도 그들의 놀고 있는 것을 묵인할 뿐 아니라, 때때로는 자기까지 섞여서 놀고 있었다.

어떤 날 송충이를 잡다가 점심때가 되어서, 나무에서 내려와서 점심을 먹고 다시 올라가려 할 때에 감독이 그를 찾았다.

"복네, 얘 복네."

"왜 그릅네까?"

그는 약통과 집게를 놓은 뒤에 돌아섰다.

"좀 오나라."

그는 말없이 감독 앞에 갔다.

"얘, 너, 음…… 데 뒤 좀 가보디 않갔니?"

"뭘 하레요?"

"글쎄, 가야……."

"가디요, 형님."

그는 돌아서면서 인부들 모여 있는 데로 고함쳤다.

"형님두 갑세다가레."

"싫다 얘. 둘이서 재미나게 가는데, 내가 무슨 맛에 가갔니?"

복녀는 얼굴이 새빨갛게 되면서 감독에게로 돌아섰다.

"가보자."

감독은 저편으로 갔다. 복녀는 머리를 수그리고 따라갔다.

"복네 좋갔구나."

뒤에서 이러한 고함 소리가 들렸다. 복녀의 숙인 얼굴은 더욱 발갛게 되었다. 그날부터 복녀도 '일 안 하고 공전 많이 받는 인부'의 한 사람으로 되었다.

4

복녀의 도덕관 내지 인생관은 그때부터 변하였다.

그는 아직껏 딴 사내와 관계를 한다는 것을 생각하여 본 일도 없었다. 그것은 사람의 일이 아니요 짐승의 하는 짓으로만 알고 있었다. 혹은 그런 일을 하면 탁 죽어지는지도 모를 일로 알았다.

그러나 이런 이상한 일이 어디 다시 있을까. 사람인 자기도 그런 일을 한 것을 보면, 그것은 결코 사람으로 못 할 일이 아니었었다. 게다가 일 안 하고도 돈 더 받고, 긴장된 유쾌가 있고, 빌어먹는 것보다 점잖고…….

일본말로 하자면 '삼박자三拍子' 같은 좋은 일은 이것뿐이었었다. 이것이야말로 삶의 비결이 아닐까. 뿐만 아니라, 이 일이 있은 뒤부터, 그는 처음으로 한 개 사람이 된 것 같은 자신까지 얻었다.

그 뒤부터는, 그의 얼굴에는 조금씩 분도 바르게 되었다.

5

일 년이 지났다.

그의 처세의 비결은 더욱더 순탄히 진척되었다. 그의 부처는 이제는 그리 궁하게 지내지는 않게 되었다. 그의 남편은 이것이 결국 좋은 일이라는 듯이 아랫목에 누워서 벌신벌신 웃고 있었다. 복녀의 얼굴은 더욱 이뻐졌다.

"여보, 아즈바니, 오늘은 얼마나 벌었소?"

복녀는 돈 좀 많이 번 듯한 거라지를 보면 이렇게 찾는다.

"오늘은 많이 못 벌었쉐다."

"얼마?"

"도무지 열서너 냥."

"많이 벌었쉐다가레, 한 댓 냥 꿰주소고래."

"오늘은 내가……."

어쩌고어쩌고 하면, 복녀는 곧 뛰어가서 그의 팔에 늘어진다.

"나한테 들킨 댐에는 뀌구야 말아요."

"난 원 이 아즈마니 만나문 야단이더라. 자, 꿰주디. 그 대신

응? 알아 있디?”

“난 몰라요. 헤헤헤헤.”

“모르문, 안 줄 테야.”

“글쎄, 알았대두 그른다.”

그의 성격은 이만큼까지 진보되었다.

6

가을이 되었다.

칠성문 밖 빈민굴의 여인들은 가을이 되면 칠성문 밖에 있는 중국인의 채마밭에 감자(고구마)며 배추를 도적질하러 밤에 바구니를 가지고 간다. 복녀도 감자깨나 잘 도적질하여 왔다.

어떤 날 밤, 그는 감자를 한 바구니 잘 도적질하여 가지고, 이젠 돌아오려고 일어설 때에, 그의 뒤에 시꺼먼 그림자가 서서 그를 꽉 붙들었다. 보니, 그것은 그 밭의 소작인인 중국인 왕서방이었었다. 복녀는 말도 못 하고 멀진멀진 발아래만 내려다보고 있었다.

“우리 집에 가.”

왕 서방은 이렇게 말하였다.

“가재문 가디. 휜, 것두 못 갈까.”

복녀는 엉덩이를 한번 홱 두른 뒤에 머리를 젖히고 바구니를 저으면서 왕 서방을 따라갔다. 한 시간쯤 뒤에 그는 왕 서방의 집에서 나왔다. 그가 밭고랑에서 길로 들어서려 할 때에, 문득 뒤에서 누가 그를 찾았다.

“복네 아니야?”

복녀는 홱 돌아서 보았다. 거기는 자기 곁집 여편네가 바구니를 끼고 어두운 밭고랑을 더듬더듬 나오고 있었다.

“형님이댔쉐까? 형님두 들어갔댔쉐까?”

“님자두 들어갔댔나?”

“형님은 뉘 집에?”

“나? 눅서방네 집에. 님자는?”

“난 왕 서방에…… 형님 얼마 받았소?”

“눅서방네 그 깍쟁이놈, 배추 세 페기…….”

“난 삼 원 받았디.”

복녀는 자랑스러운 듯이 대답하였다.

십 분쯤 뒤에 그는 자기 남편과, 그 앞에 돈 삼 원을 내어놓은 뒤에, 아까 그 왕서방의 이야기를 하면서 웃고 있었다.

7

그 뒤부터 왕서방은 무시로 복녀를 찾아왔다. 한참 왕서방이 눈만 멀진멀진 앉아 있으면, 복녀의 남편은 눈치를 채고 밖으로 나간다. 왕서방이 돌아간 뒤에는 그들 부처는, 일 원 혹은 이 원을 가운데 놓고 기뻐하고 하였다.

복녀는 차차 동리 거지들한테 애교를 파는 것을 중지하였다. 왕서방이 분주하여 못 올 때가 있으면 복녀는 스스로 왕서방의 집까지 찾아갈 때도 있었다. 복녀의 부처는 이제 이 빈민굴의 한 부자였었다.

8

그 겨울도 가고 봄이 이르렀다. 그때 왕서방은 돈 백 원으로 어떤 처녀를 하나 마누라로 사오게 되었다.

"흥."

복녀는 다만 코웃음만 쳤다.

"복녀, 강짜*하갔구만."

---

* 강짜: 질투.

동리 여편네들이 이런 말을 하면, 복녀는 흥 하고 코웃음을 웃고 하였다.

내가 강짜를 해? 그는 늘 힘 있게 부인하고 하였다. 그러나 그의 마음에 생기는 검은 그림자는 어찌할 수가 없었다.

"이놈 왕서방, 네 두고 보자."

왕서방의 색시를 데려오는 날이 가까웠다. 왕서방은 아직껏 자랑하던 기다란 머리를 깎았다. 동시에 그것은 새색시의 의견이라는 소문이 쫙 퍼졌다.

"흥."

복녀는 역시 코웃음만 쳤다. 마침내 색시가 오는 날이 이르렀다. 칠보단장*에 사인교**를 탄 색시가, 칠성문 밖 채마밭 가운데 있는 왕서방의 집에 이르렀다.

밤이 깊도록, 왕서방의 집에는 중국인들이 모여서 별한 악기를 뜯으며 별한 곡조로 노래하며 야단하였다. 복녀는 집 모퉁이에 숨어 서서 눈에 살기를 띠고 방 안의 동정을 듣고 있었다. 다른 중국인들은 새벽 두시쯤 하여 돌아갔다. 그 돌아가는 것을 보면서 복녀는 왕서방의 집 안에 들어갔다. 복녀의 얼굴에

* 칠보단장: 여러 가지 패물로 몸을 꾸밈. 또는 그 꾸밈새.

** 사인교: 앞뒤에 각각 두 사람씩 모두 네 사람이 메는 가마.

는 분이 하얗게 발리어 있었다. 신랑신부는 놀라서 그를 쳐다보았다. 그것을 무서운 눈으로 흘겨보면서, 그는 왕서방에게 가서 팔을 잡고 늘어졌다. 그의 입에서는 이상한 웃음이 흘렀다.

"자, 우리 집으로 가요."

왕서방은 아무 말도 못 하였다. 눈만 정처 없이 두룩두룩하였다. 복녀는 다시 한 번 왕서방을 흔들었다.

"자, 어서."

"우리, 오늘 밤 일이 있어 못 가."

"일은 밤중에 무슨 일."

"그래두, 우리 일이……."

복녀의 입에 아직껏 떠돌던 이상한 웃음은 문득 없어졌다.

"이까짓 것."

그는 발을 들어서 치장한 신부의 머리를 찼다.

"자, 가자우 가자우."

왕서방은 와들와들 떨었다. 왕서방은 복녀의 손을 뿌리쳤다. 복녀는 쓰러졌다. 그러나 곧 다시 일어섰다. 그가 다시 일어설 때는, 그의 손에는 얼른얼른하는 낫이 한 자루 들리어 있었다.

"이 되놈, 죽어라, 죽어라, 이놈, 나 때렸디! 이놈아, 아이구, 사람 죽이누나."

그는 목을 놓고 처울면서 낫을 휘둘렀다. 칠성문 밖 외딴 밭

가운데 홀로 서 있는 왕서방의 집에서는 일장의 활극이 일어났다. 그러나 그 활극도 곧 잠잠하게 되었다. 복녀의 손에 들리어 있던 낫은 어느덧 왕서방의 손으로 넘어가고, 복녀는 목으로 피를 쏟으면서 그 자리에 고꾸라져 있었다.

9

복녀의 송장은 사흘이 지나도록 무덤으로 못 갔다. 왕서방은 몇 번을 복녀의 남편을 찾아갔다. 복녀의 남편도 때때로 왕서방을 찾아갔다. 둘의 새에는 무슨 교섭하는 일이 있었다. 사흘이 지났다. 밤중에 복녀의 시체는 왕서방의 집에서 남편의 집으로 옮겼다.

그리고 그 시체에는 세 사람이 둘러앉았다. 한 사람은 복녀의 남편, 한 사람은 왕서방, 또 한 사람은 어떤 한방 의사. 왕서방은 말없이 돈주머니를 꺼내어, 십 원짜리 지폐 석 장을 복녀의 남편에게 주었다. 한방의의 손에도 십 원짜리 두 장이 갔다.

이튿날 복녀는 뇌일혈로 죽었다는 한방의의 진단으로 공동묘지로 가져갔다.

《조선문단 4(1925.1)》

1908. 2. 12.

김
유
정

1937. 3. 29.

1935

소낙비

四

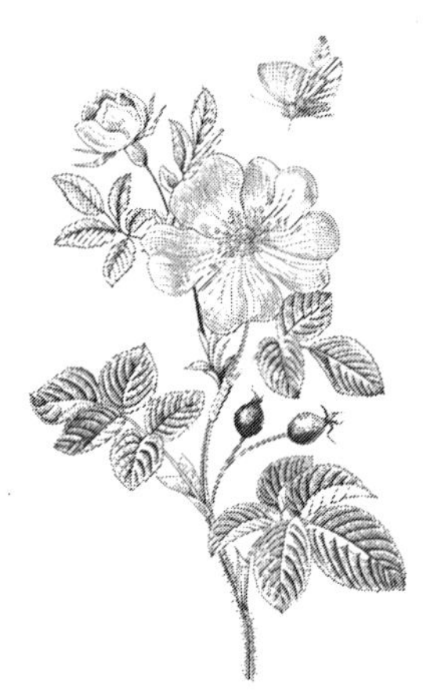

●

음산한 검은 구름이 하늘에 뭉게뭉게 모여드는 것이 금시라도 비 한 줄기 할듯하면서도 여전히 짓궂은 햇발은 겹겹 산속에 묻힌 외진 마을을 통째로 자실 듯이 달구고 있었다. 이따금 생각나는 듯 산매들린 바람은 논밭간의 나무들을 뒤흔들며 미쳐 날뛰었다. 뫼 밖으로 농군들을 멀리 품앗이로 내보낸 안마을의 공기는 쓸쓸하였다. 다만 맷맷한 미루나무 숲에서 거칠어 가는 농촌을 읊는 듯 매미의 애끊는 노래…….

매—음! 매—음!

춘호는 자기 집 — 올봄에 오 원을 주고 사서 든 묵삭은 오막살이집 — 방문턱에 걸터앉아서 바른 주먹으로 턱을 괴고는 봉당에서 저녁으로 때울 감자를 씻고 있는 아내를 묵묵히 노려보고 있었다. 그는 사날 밤이나 눈을 안 붙이고 성화를 하는 바람에 농사에 고리삭은* 그의 얼굴은 더욱 해쓱하였다. 아내에게 다시 한 번 졸라 보았다. 그러나 위협하는 어조로,

"이봐, 그래 어떻게 돈 이 원만 안 해줄 테여?"

아내는 역시 대답이 없었다. 갓 잡아 온 새댁 모양으로 씻는 감자나 씻을 뿐 잠자코 있었다. 되나 안 되나 좌우간 이렇다 말이 없으니 춘호는 울화가 터져서 죽을 지경이었다. 그는 타곳에서 떠돌아 온 몸이라 자기를 믿고 장리를 주는 사람도 없고 또는 그 알량한 집을 팔려 해도 단 이삼 원의 작자도 내닫지 않으므로 앞뒤가 꼭 막혔다마는, 그래도 아내는 나이 젊고 얼굴 똑똑하것다, 돈 이 원쯤이야 어떻게라도 될 수 있겠기에 묻는 것인데 들은 체도 안하니 썩 괘씸한 듯싶었다. 그는 배를 튀기며 다시 한 번,

"돈 좀 안 해줄 테여?"

하고 소리를 빽 질렀다. 그러나 대꾸는 역시 없었다. 춘호는 노기충천하여 불현듯 문지방을 떠다밀며 벌떡 일어섰다. 눈을 흡뜨고 벽에 기댄 지게막대를 손에 잡자 아내의 옆으로 바람같이 달려들었다.

---

* 고리삭다: 젊은이다운 활발한 기상이 없고 하는 짓이 늙은이 같다.

"이년아, 기집 좋다는 게 뭐여. 남편의 근심도 덜어 주어야지, 끼고 자자는 기집이여?"

지게막대는 아내의 연한 허리를 모질게 후렸다. 까부라지는 비명은 모지락스레 찌그러진 울타리 틈을 벗어 나간다. 재우쳐 지게막대는 앉은 채 고꾸라진 아내의 발뒤축을 얼러 볼기를 내리갈겼다.

"이년아, 내가 언제부터 너에게 조르는 게여?"

범같이 호통을 치며 남편이 지게막대를 공중으로 다시 올리며 모질음을 쓸 때 아내는,

"에그머니!"

하고 외마디를 질렀다. 연하여 몸을 뒤치자 거반 엎어질 듯이 싸리문 밖으로 내달렸다. 얼굴에 눈물이 흐른 채 황그리는 걸음으로 문 앞의 언덕을 내리어 개울을 건너고 맞은쪽에 뚫린 콩밭 길로 들어섰다.

"너, 네가 날 피하면 어딜 갈 테여?"

발길을 막는 듯한 의미 있는 호령에 달아나던 아내는 다리가 멈칫하였다. 그는 고개를 돌리어 싸리문 안에 아직도 지게막대를 들고 섰는 남편을 바라보았다. 어른에게 죄진 어린애같이 입만 종깃종깃하다가 남편이 뛰어나올까 겁이 나서 겨우 입을 열었다.

"쇠돌 엄마 집에 좀 다녀올게유."

쭈뼛쭈뼛 변명을 하고는 가던 길을 다시 횡허케 내걸었다. 아내라고 요새 이 돈 이 원이 급시로 필요함을 모르는 바도 아니었다마는, 그의 자격으로나 노동으로나 돈 이 원이란 감히 땅띔*도 못 해볼 형편이었다.

벌이래야 하잘 것 없는 것……. 아침에 일어나기가 무섭게 남에게 뒤질까 영산이 올라 산으로 빼는 것이다. 조그만 종댕이를 허리에 달고 거한 산중에 드문드문 박혀 있는 도라지, 더덕을 찾아가는 일이었다. 깊은 산속으로 우중충한 돌 틈바귀로 잔약한 몸으로 맨발에 짚신짝을 끌며 강파른 산등을 타고 돌려면 젖 먹던 힘까지 녹아내리는 듯 진땀이 머리로 발끝까지 쭉 흘러내린다. 아랫도리를 단 외겹으로 두른 낡은 치맛자락은 다리로, 허리로 척척 엉기어 걸음을 방해하였다. 땀에 불은 종아리는 거친 숲에 긁혀 매어 그 쓰라림이 말이 아니다. 게다가 무거운 흙내는 숨이 탁탁 막히도록 가슴을 찌른다. 그러나 삶에 발버둥치는 순진한 그의 머리는 아무 불평도 일지 않았다.

가뭄에 콩 나기로 어쩌다 도라지 순이라도 어지러운 숲속에 하나 둘 뾰족이 뻗어 오른 것을 보면 그는 그래도 기쁨에 넘치

* 땅띔(도) 못하다: 감히 생각조차 못하다.

는 미소를 띠었다. 때로는 바위도 기어올랐다. 정히 못 기어오를 그런 험한 곳이면 칡덩굴에 매어달리기도 하는 것이었다. 땟국에 전 무명적삼은 벗어서 허리춤에다 꾹 찌르고는 호랑이 숲이라 이름난 강원도 산골에 매어달려 기를 쓰고 허비적거린다. 골바람은 지날 적마다 알몸을 두른 치맛자락을 공중으로 날린다. 그제마다 검붉은 볼기짝을 사양 없이 내보이는 칡덩굴이 그를 본다면, 배를 움켜쥐어도 다 못 볼 것이다마는 다행히 그 윽한 산골이라 그 꼴을 비웃는 놈은 뻐꾸기뿐이었다.

이리하여 해동갑*으로 헤갈**을 하고 나면 캐어 모은 도라지, 더덕을 얼러 사발 가웃, 혹은 두어 사발 남짓하게 되는 것이다. 그러면 동리로 내려와 주막거리에 가서 그걸 내주고 보리쌀과 사발 바꿈을 하였다. 그러나 요즘엔 그나마도 철이 겨워 소출이 없다. 그 대신 남의 보리방아를 온종일 찧어 주고 보리밥 그릇이나 얻어다가는 집으로 돌아와 농토를 못 얻어 뻔뻔히 노는 남편과 같이 나누는 것이 그날 하루하루의 생활이었다. 그러고 보니 돈 이 원커녕 당장 목을 딴대도 피도 나올지가 의문이었다. 만약 돈 이 원을 돌린다면 아는 집에서 보리라도 꾸어 파는

* 해동갑: 해가 질 때까지의 동안.

** 헤갈: 허둥지둥 헤맴. 또는 그런 일.

수밖에는 다른 도리가 없다. 그리고 온 동리의 아낙네들이 치맛바람에 팔자 고쳤다고 쑥덕거리며 은근히 시새우는 쇠돌 엄마가 아니고는 노는 보리를 가진 사람이 없다.

그런데 도둑이 제 발 저리다고 그는 자기 꼴 주제에 제물에 눌려서 호사로운 쇠돌 엄마에게는 죽어도 가고 싶지 않았다. 쇠돌 엄마도 처음에는 자기와 같이 천한 농부의 계집이련만 어쩌다 하늘이 도와 동리의 부자 양반, 이 주사와 은근히 배가 맞은 뒤로는 얼굴도 모양내고, 옷치장도 하고, 밥걱정도 안 하고 하여 아주 금 방석에 뒹구는 팔자가 되었다. 그리고 쇠돌 아버지도 이게 웬 땡이냔 듯이 아내를 내어논 채 눈을 살짝 감아버리고 이 주사에게서 나온 옷이나 입고 주는 쌀이나 먹고 연년이 신통치 못한 자기 농사에는 한 손을 떼고는 희자를 뽑는 것이 아닌가!

사실 말인즉, 춘호 처가 쇠돌 엄마에게 죽어도 아니 가려는 그 속 까닭은 정작 여기 있었다.

바로 지난 늦은 봄, 달이 뚫어지게 밝은 어느 밤이었다. 춘호가 보름게추를 보러 산모퉁이로 나간 것이 이슥하여도 돌아오지 않으므로 집에서 기다리던 아내가 이젠 자고 오려나 생각하고는 막 드러누워 잠이 들려니까 웬 난데없는 황소 같은 놈이 뛰어들었다. 허둥지둥 춘호 처를 마구 깔다가 놀라서 으악 소리를 치는 바람에 그냥 달아난 일이 있었다. 어수룩한 시골 일이라 별반 풍설도 아니 나고 쓱싹 되었으나 며칠이 지난 뒤에야 그것이 동리의 부자 이 주사의 소행임을 비로소 눈치 채었다.

그런 까닭으로 해서 춘호 처는 쇠돌 엄마와 직접 관계는 없단대도 그를 대하면 공연스레 얼굴이 뜨뜻하여지고 무슨 죄나 진 듯이 어색하였다. 그리고 더욱이 쇠돌 엄마가,

"새댁, 나는 속곳이 세 개구, 버선이 네 벌이구 행."

하며 아주 좋다고 한들대는 꼴을 보면 혹시 자기에게 함정을 두고서 비양거리는 거나 아닌가, 하는 옥생각으로 무안해서 고개를 못 들었다. 한편으로는 자기도 좀만 잘했더면 지금쯤은 쇠돌 엄마처럼 호강을 할 수 있었을 그런 갸륵한 기회를 깝살려 버린 자기 행동에 대한 후회와 애탄으로 말미암아 마음을 괴롭히는 그 쓰라림도 적지 않았다. 그러나 아무러한 욕을 보더라도 나날이 심해 가는 남편의 무지한 매보다는 그래도 좀 헐할 게다.*

오늘은 한맘 먹고 쇠돌 엄마를 찾아가려는 것이었다. 춘호 처는 이번 걸음이 헛발이나 안칠까 일념으로 심화를 하며 수양버들이 쭉 늘어박힌 논두렁길로 들어섰다. 그는 시골 아낙네로는

* 헐하다: 일 따위가 힘이 들지 아니하고 수월하다. 대수롭지 아니하거나 만만하다.

용모가 매우 반반하였다. 좀 야윈 듯한 몸매는 호리호리한 것이 소위 동리의 문자로 외입깨나 하염직한 얼굴이었으되 추레한 의복이며 퀴퀴한 냄새는 거지를 볼 지른다. 그는 왼손 바른손으로 겨끔내기로 치맛귀를 여며 가며 속살이 삐질까 조심조심 걸었다.

감사나운 구름송이가 하늘 신폭을 휘덮고는 차츰차츰 지면으로 처져 내리더니 그예 산봉우리에 엉기어 살풍경이 되고 만다. 먼 데서 개 짖는 소리가 앞뒷산을 한적하게 울린다. 빗방울은 하나 둘 떨어지기 시작하더니 차차 굵어지며 무더기로 퍼부어 내린다.

춘호 처는 길가에 늘어진 밤나무 밑으로 뛰어들어가 비를 거니며 쇠돌 엄마 집을 멀리 바라보았다. 북쪽 산기슭 높직한 울타리로 빽 돌려 두르고 앉아있는 오목하고 맵시 있는 집이 그집이었다. 그런데 싸리문이 꼭 닫힌 걸 보면 아마 쇠돌 엄마가 농군청에 저녁 제누리를 나르러 가서 아직 돌아오지 않은 모양이었다. 그는 쇠돌 엄마 오기를 지켜보며 우두커니 서서 기다리고 있었다. 나뭇잎에서 빗방울은 뚝뚝 떨어지며 그의 뺨을 흘러 젖가슴으로 스며든다. 바람은 지날 적마다 냉기와 함께 굵은 빗발을 몸에 들이친다. 비에 쪼르륵 젖은 치마가 몸에 찰싹 휘감기어 허리로, 궁둥이로, 다리로, 살의 윤곽이 그대로 비쳐

올랐다.

무던히 기다렸으나 쇠돌 엄마는 오지 않았다. 하도 진력이 나서 하품을 하여 가며 정신없이 서 있노라니 왼편 언덕에서 사람 오는 발자국 소리가 들린다. 그는 고개를 돌려 보았다. 그러나 날쌔게 나무 틈으로 몸을 숨겼다. 동이배를 가진 이 주사가 지우산을 받쳐 쓰고는 쇠돌네 집을 향하여 엉덩이를 껍죽거리며 내려가는 길이었다. 비록 키는 작달막하나 숱 좋은 수염이라든지, 온 동리를 털어야 단 하나뿐인 탕건이든지, 썩 풍채 좋은 오십 전후의 양반이다. 그는 싸리문 앞으로 가더니 자기 집처럼 거침없이 문을 떠다밀고는 속으로 버젓이 들어가 버린다.

이것을 보니 춘호 처는 다시금 속이 편치 않았다. 자기는 개돼지같이 무시로 매만 맞고 돌아치는 천덕구니다. 안팎으로 귀염을 받으며 간들대는 쇠돌 엄마와 사람 된 치수가 두드러지게 다름을 그는 알 수가 있었다. 쇠돌 엄마의 호강을 너무나 부럽게 우러러보는 반동으로 자기도 잘만 했더라면 하는 턱없는 희망과 후회가 전보다 몇 갑절 쓰린 맛으로 그의 가슴을 찌푸뜨렸다. 쇠돌네 집을 하염없이 건너다보다가 어느덧 저도 모르게 긴 한숨이 굴러 내린다.

언덕에서 쓸려 내리는 사탯물이 발등까지 개흙으로 덮으며 소리쳐 흐른다. 빗물에 푹 젖은 몸뚱어리는 점점 떨리기 시작한다. 그는 가볍게 몸서리를 쳤다. 그리고 당황한 시선으로 사방을 경계하여 보았다. 아무도 보이지는 않았다. 다시 시선을 돌리어 그 집을 쏘아보며 속으로 궁리하여 보았다. 안에는 확실히 이 주사뿐일 게다. 그때까지 걸렸던 싸리문이라든지 또는 울타리에 넌 빨래를 여태 안 걷어 들인 것을 보면 어떤 맹세를 두고라도 분명히 이 주사 외의 다른 사람은 하나도 없을 것이다. 그는 마음 놓고 비를 맞아 가며 그 집으로 달려들었다. 봉당으로 선뜻 뛰어오르며,

"쇠돌 엄마 기슈?"

하고 인기를 내보았다. 물론 당자의 대답은 없었다. 그 대신 그 음성이 나자 안방에서 이 주사가 번개같이 머리를 내밀었다. 자기 딴은 꿈밖이란 듯 눈을 두리번두리번하더니 옷 위로 벌거진 춘호 처의 젖가슴, 아랫배, 넓적다리, 발등까지 슬쩍 음충히 훑어보고는 거나한 낯으로 빙그레한다. 그리고 자기도 봉당으로 주춤주춤 나오며,

"쇠돌 엄마 말인가? 왜 지금 막 나갔지. 곧 온댔으니 안방에 좀 들어가 기다렸으면……."

하고 매우 일이 딱한 듯이 어름어름한다.

"이 비에 어딜 갔에유?"

"지금 요 밖에 좀 나갔지, 그러나 곧 올 걸……."

"있는 줄 알고 왔는디……."

춘호 처는 이렇게 혼잣말로 낙심하며 섭섭한 낯으로 머뭇머뭇하다가 그냥 돌아갈 듯이 봉당 아래로 내려섰다. 이 주사를 쳐다보며 물차는 제비같이 산드러지게,

"그럼 요담에 오겠어유, 안녕히 계시유."

하고 작별의 인사를 올린다.

"지금 곧 온 댔는데, 좀 기다리지……."

"담에 또 오지유."

"아닐세, 좀 기다리게. 여보게, 여보게, 이봐!"

춘호 처가 간다는 바람에 이 주사는 체면도 모르고 기가 올랐다. 허둥거리며 재간 껏 만류하였으나 암만해도 안 될 듯싶다. 춘호 처가 여기에 찾아온 것도 큰 기적이려니와 뇌성벽력에 구석진 곳이것다 이렇게 솔깃한 기회는 두 번 다시 못 볼 것이다. 그는 눈이 뒤집히어 입에 물었던 장죽을 쑥 뽑아 방 안으로 치뜨리고는 계집의 허리를 뒤로 다짜고짜 끌어안아서 봉당 위로 끌어올렸다. 계집은 몹시 놀라며,

"왜 이러서유, 이거 노세유."

하고 몸을 뿌리치려고 앙탈을 한다.

"아니 잠깐만."

이 주사는 그래도 놓지 않으며 허겁스러운 눈짓으로 계집을

달랜다. 흘러내리는 고의춤을 왼손으로 연신 치우치며 바른팔로는 계집을 잔뜩 움켜잡고 엄두를 못 내어 짤짤매다가 간신히 방 안으로 끙끙 몰아넣었다. 안으로 문고리는 재빠르게 채이었다. 밖에서는 모진 빗방울이 배춧잎에 부딪히는 소리, 바람에 나무 떠는 소리가 요란하다. 가끔 양철통을 내려 굴리는 듯 거푸진 천둥소리가 방고래를 울리며 날은 점점 침침하였다.

얼마쯤 지난 뒤였다. 이만하면 길이 들었으려니, 안심하고 이 주사는 날숨을 후— 하고 돌린다. 실없이 고마운 비 때문에 발악도 못 치고 앙살도 못 피우고 무릎 앞에 고분고분 늘어져있는 계집을 대견히 바라보며 빙긋이 얼러 보았다. 계집은 온몸에 진땀이 쭉 흐르는 것이 꽤 더운 모양이다. 벽에 걸린 쇠돌 엄마의 적삼을 꺼내어 계집의 몸을 말쑥하게 훌닦기 시작한다. 발끝서부터 얼굴까지…….

"너, 열아홉이라지?"

하고 이 주사는 취한 얼굴로 얼근히 물어 보았다.

"니에."

하고 메떨어진 대답. 계집은 이 주사 손에 눌리어 일어나도 못하고 죽은 듯이 가만히 누워있다. 이 주사는 계집의 몸뚱이를 다 씻기고 나서 한숨을 내뿜으며 담배 한 대를 턱 피워 물었다.

"그래, 요새도 서방에게 주리경을 치느냐?"

하고 묻다가 아무 대답도 없으매,

"원 그래서야 어떻게 산단 말이냐, 하루 이틀이 아니고, 사람의 일이란 알 수 있는 거냐? 그러다 혹시 맞아 죽으면 정장 하나 해볼 곳 없는 거야. 허니, 네 명이 아까우면 덮어놓고 민적을 가르는 게 낫겠지."

하고 계집의 신변을 위하여 염려를 마지않다가 번뜻 한 가지 궁금한 것이 있었다.

"너 참, 아이 낳았다 죽었다더구나?"

"니에."

"어디 난 듯이나 싶으냐?"

계집은 얼굴이 홍당무가 되어지며 아무 말 못 하고 고개를 외면하였다. 이 주사도 그까짓 것 더 묻지 않았다. 그런데 웬 녀석의 냄새인지 무 생채 썩는 듯한 시크무레한 악취가 불시로 코청을 찌르니 눈살을 찌푸리지 않을 수 없다. 처음에야 그런 줄은 소통 몰랐더니 알고 보니까 비위가 족히 역하였다. 그는 빨고 있던 담배통으로 계집의 배꼽께를 똑똑히 가리키며,

"얘, 이 살의 때꼽 좀 봐라. 그래 물이 흔한데 이것 좀 못 씻는단 말이냐?"

하고 모처럼의 기분이 상한 것이 앵하단 듯이 꺼림한 기색으로 혀를 찼다. 하지만 계집이 참다참다 이내 무안에 못 이기어

일어나 치마를 입으려 하니 그는 역정을 벌컥 내었다. 옷을 빼앗아 구석으로 동댕이를 치고는 다시 그 자리에 끌어 앉혔다. 그리고 자기 딸이나 책하듯이 아주 대범하게 꾸짖었다.

“왜 그리 계집이 달망대니? 좀 듬직치가 못하구…….”

춘호 처가 그 집을 나선 것은 들어간 지 약 한 시간 만이었다. 비가 여전히 쭉쭉 내린다. 그는 진땀을 있는 대로 흠뻑 쏟고 나왔다. 그러나 의외로 아니 천행으로 오늘 일은 성공이었다. 그는 몸을 솟치며 생긋하였다. 그런 모욕과 수치는 난생 처음 당하는 봉변으로, 지랄 중에도 몹쓸 지랄이었으나 성공은 성공이었다. 복을 받으려면 반드시 고생이 따르는 법이니 이까짓 거야 골백번 당한대도 남편에게 매나 안 맞고 의좋게 살 수만 있다면 그는 사양치 않을 것이다. 이 주사를 하늘같이, 은인같이 여겼다. 남편에게 부쳐 먹을 농토를 줄 테니 자기의 첩이 되라는 그 말도 죄송하였으나 더욱이 돈 이 원을 줄게니 내일 이맘때 쇠돌네 집으로 넌지시 만나자는 그 말은 무엇보다도 고마웠고 벅찬 짐이나 푼 듯 마음이 홀가분하였다. 다만 애 켜이는 것은 자기의 행실이 만약 남편에게 발각되는 나절에는 대매에 맞아죽을 것이다. 그는 일변 기뻐하며 일변 애를 태우며 자기 집을 향하여 세차게 쏟아지는 빗속을 가분가분 내리달렸다.

춘호는 아직도 분이 못 풀리어 뿌루퉁하니 홀로 앉았다. 그는 자기의 고향인 인제를 등진지 벌써 삼 년이 되었다. 해를 이어 흉작에 농작물은 말못되고 따라 빚쟁이들의 위협과 악다구니는 날로 심하였다. 마침내 하릴없이 집 세간살이를 그대로 내버리고 알몸으로 밤도주하였던 것이다. 살기 좋은 곳을 찾는다고 나 어린 아내의 손목을 이끌고 이산 저산을 넘어 표랑하였다. 그러나 우정 찾아든 곳이 고작 이 마을이나 산속은 역시 일반이다. 어느 산골엘 가 호미를 잡아 보아도 정은 조그만치도 안 붙었고, 거기에는 오직 쌀쌀한 불안과 굶주림이 품을 벌려 그를 맞을 뿐이었다. 터무니없다 하여 농토를 안 준다. 일 구멍이 없으매 품을 못 판다. 밥이 없다. 결국에 그는 피폐하여 가는 농민 사이를 감도는 엉뚱한 투기심에 몸이 달떴다. 요사이 며칠 동안을 두고 요 너머 뒷산 속에서 밤마다 큰 노름판이 벌어지는 기미를 알았다. 그는 자기도 한몫 보려고 끼룩거렸으나 좀체로 밑천을 만들 수가 없었다.

이 원! 수나 좋아서 이 이 원이 조화만 잘 한다면 금시 발복이 못 된다고 누가 단언할 수 있으랴! 삼사십 원 따서 동리의 빚이나 대충 가리고 옷 한 벌 지어 입고는 진저리나는 이 산골을 떠나려는 것이 그의 배포였다. 서울로 올라가 아내는 안잠*

* 안잠: 여자가 남의 집에서 먹고 자며 그 집의 일을 도와주는 일.

을 재우고 자기는 노동을 하고, 둘이서 다부지게 벌면 안락한 생활을 할 수가 있을 텐데, 이런 산 구석에서 굶어죽을 맛이야 없었다. 그래서 젊은 아내에게 돈 좀 해오라니까 요리 매낀 조리 매낀 매만 피하고 곁들어 주지 않으니 그 소행이 여간 괘씸한 것이 아니다. 아내가 물에 빠진 생쥐 꼴을 하고 집으로 달려들자 미처 입도 벌리기 전에 남편은 이를 악물고 주먹뺨을 냅다 붙인다.

"너 이년, 매만 살살 피하고 어디 가 자빠졌다 왔니?"

볼치 한 대를 얻어맞고 아내는 오기가 질리어 벙벙하였다. 그래도 직성이 못 풀리어 남편이 다시 매를 손에 잡으려 하니 아내는 질겁을 하여 살려 달라고 두 손으로 빌며 개신개신 입을 열었다.

"낼 되유……낼. 돈, 낼 되유."

하며 돈이 변통됨을 삼가 아뢰는 그의 음성은 절반이 울음이었다. 남편이 반신반의하여 눈을 찌긋하다가,

"낼?"

하고 목청을 돋웠다.

"네, 낼 된다유."

"꼭 되여?"

"네, 낼 된다유."

남편은 시골 물정에 능통하니만치 난데없는 돈 이 원이 어디서 어떻게 되는 것까지는 추궁해 물으려 하지 않았다. 그는 적이 안심한 얼굴로 방문턱에 걸터앉으며 담뱃대에 불을 그었다. 그제야 아내도 비로소 마음을 놓고 감자를 삶으러 부엌으로 들어가려 하니 남편이 곁으로 걸어오며 측은한 듯이 말리었다.

"병나, 방에 들어가 어여 옷이나 말리여. 감자는 내 삶을게."

먹물같이 짙은 밤이 내리었다. 비는 더욱 소리를 치며 앙상한 그들의 방벽을 앞뒤로 울린다. 천장에서 비는 새지 않으나 집 지은 지가 오래 되어 고래가 물러앉다시피 된 방이라 도배를 못 한 방바닥에는 물이 스며들어 귀축축하다. 거기다 거적 두 닢만 덩그렇게 깔아 놓은 것이 그들의 침소였다. 석윳불은 없어 캄캄한 바로 지옥이다. 벼룩은 사방에서 마냥 스멀거린다. 그러나 등걸잠에 익달한 그들은 천연스럽게 나란히 누워 줄기차게 퍼붓는 밤비 소리를 귀담아듣고 있었다. 가난으로 인하여 부부간의 애틋한 정을 모르고 나날이 매질로 불평과 원한 중에서 복대기던 그들도 이 밤에는 불시로 화목하였다. 단지 남의 품에 든 돈 이 원을 꿈꾸어 보고도…….

"서울 언제 갈라유."

남편의 왼팔을 베고 누웠던 아내가 남편을 향하여 응석 비슷이 물어보았다. 그는 남편에게 서울의 화려한 거리며 후한 인심에 대하여 여러 번 들은 바 있어 일상 안타까운 마음으로 몽상은 하여 보았으나 실지 구경은 못 하였다. 얼른 이 고생을 벗어나 살기 좋은 서울로 가고 싶은 생각이 간절하였다.

"곧 가게 되겠지, 빚만 좀 없어도 가뜬하련만."

"빚은 낭중 갚더라도 얼핀 갑세다유."

"염려 없어. 이달 안으로 꼭 가게 될 거니까."

남편은 썩 쾌히 승낙하였다. 딴은 그는 동리에서 일컬어 주는 질꾼으로 투전장의 가보쯤은 시루에서 콩나물 뽑듯 하는 능수였다. 내일 밤 이 원을 가지고 벼락같이 노름판에 달려가서 있는 돈이란 깡그리 모집어 올 생각을 하니 그는 은근히 기뻤다. 그리고 교묘한 자기의 손재간을 홀로 뽐내었다.

"이번이 서울 처음이지?"

하며 그는 서울 바람 좀 한번 쐬었다고 큰 체를 하며 팔로 아내의 머리를 흔들어 물어 보았다. 성미가 워낙 겁겁한지라* 지금부터 서울 갈 준비를 착착 하고 싶었다. 그가 제일 걱정되는 것은 둠 구석에서 뇌 자라 먹은 아내를 데리고 가면 서울 사람에게 놀림도 받을 게고 거리끼는 일이 많을 듯싶었다. 그래서 서울 가면 꼭 지켜야 할 필수조건을 아내에게 일일이 설명치 않

* 겁겁하다: 성미가 급하고 참을성이 없다.

을 수도 없었다.

첫째, 사투리에 대한 주의부터 시작되었다. 농민이 서울 사람에게, '꼬라리'라는 별명으로 감잡히는 그 이유는 무엇보다도 사투리에 있을지니 사투리는 쓰지 말며, '합세'를 '하십니까'로, '하게유'를 '하오'로 고치되 말끝을 들지 말지라. 또 거리에서 어릿어릿하는 것은 내가 시골뜨기요 하는 얼뜬 짓이니 갈 길은 재게 가고 볼 눈을 또릿또릿이 볼지라하는 것들이었다. 아내는 그 끔찍한 설교를 귀담아들으며 모기 소리로 '네, 네'를 하였다. 남편은 두어 시간 가량을 샐 틈 없이 꼼꼼하게 주의를 다져 놓고는 서울의 풍습이며 생활방침 등을 자기의 의견대로 그럴싸하게 이야기하여 오다가 말끝이 어느덧 화장술에까지 이르게 되었다. 시골 여자가 서울에 가서 안잠을 잘 자주면 몇 해 후에는 집까지 얻어 갖는 수가 있는데, 거기에는 얼굴이 예뻐야 한다는 소문을 일찍 들은 바 있어 하는 소리였다.

"그래서 날마다 기름도 바르고, 분도 바르고, 버선도 신고 해서 쥔 마음에 썩 들어야……."

한참 신바람이 올라 주워섬기다가 옆에서 쌔근쌔근 소리가 들리므로 고개를 돌려 보니 아내는 이미 곯아져 잠이 깊었다.

"이런 망할 거, 남 말하는데 자빠져 잔담."

남편은 혼자 중얼거리며 바른팔을 들어 이마 위로 흐트러진 아내의 머리칼을 뒤로 쓰다듬어 넘긴다. 세상에 귀한 것은 자기의 아내! 이 아내가 만약 없었던들 자기는 홀로 어떻게 살 수 있었으려는가! 명색이 남편이며 이날까지 옷 한 벌 변변히 못 해 입히고 고생만 짓시킨 그 죄가 너무나 큰 듯 가슴이 뻐근하였다. 그는 왁살스러운 팔로다 아내의 허리를 꼭 껴안아 가지고 앞으로 바특이 끌어당겼다.

밤새도록 줄기차게 내리던 빗소리가 아침에 이르러서야 겨우 그치고 점심때에는 생기로운 볕까지 들었다. 쿨렁쿨렁 논물 나는 소리는 요란히 들린다. 시내에서 고기 잡는 아이들의 고함이며, 농부들의 희희낙락한 메나리도 기운차게 들린다. 비는 춘호의 근심도 씻어 간 듯 오늘은 그에게도 즐거운 빛이 보였다.

"저녁 제누리 때 되었을 걸, 얼른 빗고 가봐."

그는 갈증이 나서 아내를 대고 재촉하였다.

"아직 멀었어유."

"먼 게 뭐냐, 늦었어."

"뭘!"

아내는 남편의 말대로 벌써부터 머리를 빗고 앉았으나 원체 달포나 아니 가리어 엉큰 머리가 시간이 꽤 걸렸다. 그는 호랑이 같은 남편과 오래간만에 정다운 정을 바꾸어 보니 근래에 볼 수 없는 희색이 얼굴에 떠돌았다. 어느 때에는 맥쩍게 생글

생글 웃어도 보았다.

아내가 꼼지락거리는 것이 보기에 퍽이나 갑갑하였다. 남편은 아내 손에서 얼레빗을 쑥 뽑아 들고는 시원스레 쭉쭉 내려 빗긴다. 다 빗긴 뒤, 옆에 놓은 밥사발의 물을 손바닥에 연신 칠해 가며 머리에다 번지르하게 발라 놓았다. 그래 놓고 위서부터 머리칼을 재워 가며 맵시 있게 쪽을 딱 찔러 주더니 오늘 아침에 한사코 공을 들여 삼아 놓았던 짚신을 아내의 발에 신기고 주먹으로 자근자근 골을 내주었다.

"인제 가봐!"

하다가,

"바루 곧 와, 응?"

하고 남편은 그 이 원을 고이 받고자 손색없도록, 실패 없도록 아내를 모양내어 보냈다.

《조선일보》

1902. 3. 30.

나도향

1926. 8. 26.

1925

물레방아

五

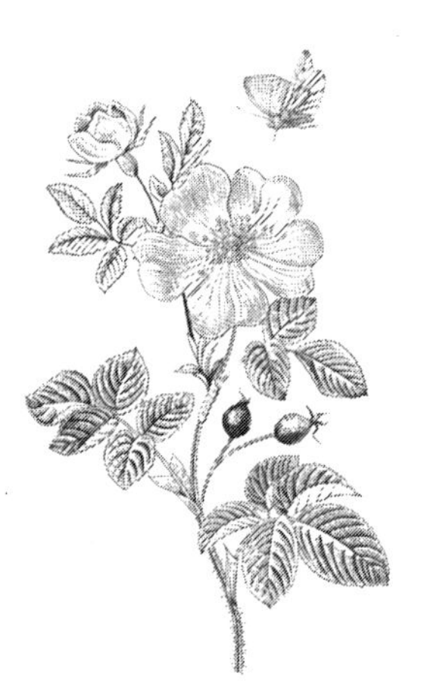

1

덜컹덜컹 홈통에 들었다가 다시 쏟아져 흐르는 물이 육중한 물레방아를 번쩍 쳐들었다가 쿵 하고 확 속으로 내던질 제 머슴들의 콧소리는 허연 겻 가루*가 켜켜 앉은 방앗간 속에서 청승스럽게 들려 나온다.

솰 솰 솰, 구슬이 되었다가 은가루가 되고 댓줄기같이 뻗치었다가 다시 쾅 쾅 쏟아져 청룡이 되고 백룡이 되어 용솟음쳐 흐르는 물이 저쪽 산모퉁이를 십 리나 두고 돌고, 다시 이쪽 들 복판을 오 리쯤 꿰뚫은 뒤에 이방원芳源이가 사는 동네 앞 기슭을 스쳐 지나가는데 그 위에 물레방아 하나가 놓여 있다.

---

* 겻 가루: 쌀을 찧을 때 나오는 먼지.

물레방아에서 들여다보면 동북간으로 큼직한 마을이 있으니 이 마을의 가장 부자요, 가장 세력이 있는 사람으로 이름을 신치규申治圭라고 부른다. 이방원이라는 사람은 그 집의 막실幕室살이*를 하여 가며 그의 땅을 경작하여 자기 아내와 두 사람이 그날그날을 지내 간다.

어떠한 가을밤 유난히 밝은 달이 고요한 이 촌을 한적하게 비칠 때 그 물레방앗간 옆에 어떠한 여자 하나와 어떤 남자 하나가 서서 이야기를 하는 소리가 들리었다.

그 여자는 방원의 아내로 지금 나이가 스물두 살, 한참 정열에 타는 가슴으로 가장 행복스러울 나이의 젊은 여자요, 그 남자는 오십이 반이 넘어 인생으로서 살아올 길을 다 살고서 거의 거의 쇠멸의 구렁이를 향하여 가는 늙은이다.

그의 말소리는 마치 그 여자를 달래는 것같이,

"얘, 내 말이 조금도 그를 것이 없지? 쇤네 할멈에게도 자세한 말을 들었을 터이지마는 너 생각해 보아라. 네가 허락만 하면 무엇이든지 네가 하고 싶다는 것은 내가 전부 해줄 터이란 말야. 그까짓 방원이녀석하고 네가 몇 백 년 살아야 언제든지 막실 구석을 면하지 못할 터이니. 허허, 사람이란 젊어서 호강

* 막집살이: 머슴살이.

해 보지 못하면 평생 호강 한 번 하여 보지 못하고 죽을 것이 아니냐. 내가 말하는 것이 조금도 잘못하는 것이 없느니라! 대강 너의 말을 쉰네 할멈에게 듣기는 들었으나 그래도 너에게 한 번 바로 대고 듣는 것만 못해서 이리로 만나자고 한 것이다. 너의 마음은 어떠냐? 어디 허허, 내 앞이라고 조금도 어떻게 알지 말고 이야기해 봐, 응."

이 늙은이는 두말할 것 없이 신치규다. 그는 탐욕스러운 눈으로 방원의 계집을 들여다보며 한 손으로 등을 두드린다.

새침한 얼굴이 파르족족하고 기다란 눈썹과 검푸른 두 눈 가장자리에 예쁜 입, 뾰로통한 뺨이며 콧날이 오똑한데다가 후리후리한 키에 떡 벌어진 엉덩이가 아무리 보더라도 무섭게 이지적理智的인 동시에 또는 창부형娼婦型으로 생긴 여자이다.

계집은 아무 말이 없이 서서 짐짓 부끄러운 태를 지으며 매혹적인 웃음을 생긋 웃고는 고개를 돌렸다. 그 웃음이 얼마나 짐승 같은 신치규의 만족을 사게 되었으며, 또는 마음을 충동시켰는지 희끗희끗한 수염이 거의 계집의 뺨에 닿도록 더 가까이 와서,

"응? 왜 대답이 없니? 부끄러워서 그러니? 그렇게 부끄러워할 일은 아닌데."

하고 계집의 손을 잡으며,

"손도 이렇게 예쁜 줄은 여태까지 몰랐구나. 참 분결*같다. 이렇게 얌전히 생긴 애가 방원 같은 천한 놈의 계집이 되어 일평생을 그대로 썩는다는 것은 너무 가엾고 아깝지 않으냐? 얘."

계집은 몸을 돌리려고 하지도 않고 영감이 하는 대로 내버려두며 눈으로 땅만 내려다보고 섰다가 가까스로 입을 떼는 듯하더니,

"제 말야 모두 쇤네 할멈이 여쭈었지요. 저에게는 너무 분수에 과한 말씀이니까요."

"온, 천만의 소리를 다 하는구나. 그게 무슨 소리냐. 너도 아다시피 내가 너를 장난삼아 그러는 것도 아니겠고 후사後嗣가 없어 그러는 것이니까 네가 내 아들이나 하나 나주렴. 그러면 내 것이 모두 네 것이 되지 않겠니? 자아, 그러지 말고 오늘 허락을 하렴. 그러면 내일이라도 방원이란 놈을 내쫓고 너를 불러들일 터이니."

"어떻게 내쫓을 수가 있어요."

"허어, 그것이 그리 어려울 것이 무엇 있니. 내가 나가라는데 제가 나가지 않고 배길 줄 아니."

"그렇지만 너무 과하지 않을까요."

---

* 분결: 분의 곱고 부드러운 결.

"무엇? 저런 생각을 하니까 네가 이 모양으로 이때까지 있었지. 어떻단 말이냐? 그런 것은 조금도 염려하지 말구. 자! 또 네 서방에게 들킬라, 어서 들어가자."

"먼저 들어가세요."

"왜."

"남이 보면 수상히 알게요."

"무얼 나하고 가는데 수상히 알 게 무어야. 어서 가자."

계집은 천천히 두어 걸음 따라가다가,

"영감!"

하고 무춤하고 서 있다.

"왜 그러니."

계집은 다시 말이 없이 서 있다가,

"아니에요."

하고,

"먼저 들어가세요."

하며 돌아선다. 영감이 간이 달아서 계집의 손을 잡으며,

"가자, 집으로 들어가자."

그의 가슴은 두근거리는지 숨소리가 잦아진다. 계집은 손을 빼려 하며,

"점잖으신 어른이 이게 무슨 짓이에요."

하면서도 그의 몸짓에는 모든 것을 허락한다는 뜻이 보였다. 영감은 계집의 몸을 끌어안더니 방앗간 뒤로 돌아들어 섰다. 계집은 영감 가슴에 안겨서 정욕이 가득한 눈으로 그를 보면서,

"영감."

말 한마디 하고 침 한 번 삼키었다.

"영감이 거짓말은 안 하시지요."

"아니."

그의 말은 떨리었다. 계집은 영감의 팔을 한 손으로 잡고 또 한 손으로는 방앗간 속을 가리켰다.

"저리로 들어가세요."

영감과 계집은 방앗간에서 이삼십 분 후에 다시 나왔다.

2

사흘이 지난 뒤에 신치규는 방원이를 자기 집 사랑 마당 앞으로 불렀다.

"얘."

방원은 상전이라 고개를 숙이고,

"네."

공손하게 대답을 하였다.

"네가 그간 내 집에서 정성스럽게 일을 한 것은 고마운 일이지마는…."

점잔과 주짜를 빼면서* 신치규는 말을 꺼내었다. 방원의 가슴은 이 '마는'이라는 말 뒤에 이어질 말을 미리 깨달은 듯이 온 전신의 피가 가슴으로 모여드는 듯하더니 다시 터럭이라는 터럭은 전부 거꾸로 일어서는 듯하였다.

"오늘부터는 우리 집에 사정이 있어 그러니 내 집에 있지 말고 다른 곳에 좋은 곳을 찾아가 보아라."

아무 조건도 없다. 또한 이곳에서도 할 말이 없다. 죽으라고 하면 죽는 시늉이라도 해야 하는 것이다. 주인은 돈 가지고 사람을 사고 팔 수도 있는 것이다.

방원은 가슴이 답답하였다. 자기 혼자 몸 같으면 어디 가서 어떻게 빌어먹더라도 살 수가 있지마는 사랑하는 아내를 구해 갈 길이 막연하다. 그는 고개를 굽히고, 허리를 굽히고, 나중에는 마음을 굽히어 사정도 하여 보고 애걸도 하여 보았다. 그러나 그것은 헛된 일이다. 주인의 마음은 쇠나 돌보다도 더 굳었다.

---

* 점잔과 주짜를 빼면서: 점잔을 빼고 예의 있는 척 하면서.

그는 하는 수 없이 자기 아내에게 그 이야기를 하였다. 그리고 아내더러 안주인 마님께 사정을 좀 하여 얼마간이라도 더 있게 하여 달라고 하여 보라 하였다. 그러나 아내는 방원의 말을 들을 리가 없었다. 도리어,

"그러면 어떻게 한단 말이오. 이제부터는 나를 어떻게 먹여 살릴 터이오?"

"너는 그렇게도 먹고 살 수 없을까 봐 겁이 나니?"

"겁이 나지 않고. 생각을 해보구려. 인제는 꼼짝할 수 없이 죽지 않았소?"

"죽어?"

"그럼 임자가 나를 데리고 이곳까지 올 때에 무어라고 하였소. 어떻게 해서든지 너 하나야 먹여 살리지 못하겠느냐고 하였지요."

"그래."

"그래, 얼마나 나를 잘 먹여 살리고 나를 호강시켰소. 여태까지 이태나 되도록 끌구 돌아다닌다는 것이 남의 집 행랑이었지요?"

"얘, 그것을 내가 모르고 하는 말이냐? 내가 하려고 하지 않아서 그렇게 된 것이냐? 차차 살아가는 동안에 무슨 일이든지 생기겠지. 설마 요대로 늙어 죽기야 하겠니?"

"듣기 싫소! 뿔 떨어지면 구워 먹지 어느 천 년에."

방원이는 가뜩이나 내어 쫓기고 화가 나는데 계집까지 그리 하니까 속에서 열화가 치밀어 올라왔다.

"이 육시를 하고도 남을 년! 왜 남의 마음을 글컹거리니.*"

"왜 사람에게 욕을 해."

"이년아, 욕 좀 하면 어떠냐?"

"왜 욕을 해!"

계집이 얼굴이 노래지며 대든다.

"이년이 발악인가?"

"누가 발악이야. 계집년 하나 건사 못 하는 위인이 계집보고 욕만 하고 한 게 무어야? 그래 은가락지 은비녀나 한 벌 사주어 보았어? 내가 임자 하자고 하는 대로 하지 않은 것은 없지!"

"이년아! 은가락지 은비녀가 그렇게 갖고 싶으냐. 이 더러운 년아."

"무엇이 더러워? 너는 얼마나 정한 놈이냐!"

계집의 입 속에서는 '놈'소리가 나오기 시작한다.

"이년 보게! 누구더러 놈이래."

하고 손길이 계집의 낭자**를 휘어잡더니 그대로 집어 들고 두

---

* 글컹거리다: 남의 심사를 자꾸 긁어 상하게 하다.

** 낭자: 여자의 예장禮裝에 쓰는 딴머리의 하나. 쪽.

어 번 주먹으로 등줄기를 후리었다.

"이 주릿대*를 안길 년!"

발길이 엉덩이를 두어 번 지르니까 계집은 그대로 거꾸러졌다가 다시 일어났다. 풀어 헤뜨린 머리가 치렁치렁 끌리고 씰룩한 눈에는 독기가 섞이었다.

"왜 사람을 치니? 이놈! 죽여라 죽여, 어디 죽여 보아라, 이놈 나 죽고 너 죽자!"

하고 달려드는 계집을 후려서 거꾸러뜨리고서,

"이년이 죽으려고 기를 쓰나!"

방원이가 계집을 치는 것은 그것이 주먹을 가지고 하는 일종의 농담이다. 그는 주먹이나 발길이 계집의 몸에 닿을 때 거기에 얻어맞는 계집의 살이 아픈 것보다 더 찌르르하게 가슴 한복판을 찌르는 아픔을 방원은 깨닫는 것이다. 홧김에 계집을 치는 것이 실상은 자기의 마음을 자기의 이빨로 물어뜯는 것이나 다름이 없는 것이다. 때리는 그에게는 몹시 애처로움이 있고 불쌍함이 있는 것이다. 그러나 자기의 화풀이를 받아 주는 사람은 아직까지도 계집밖에는 없었다. 제일 만만하다는 것보다도 가장 마음 놓고 화풀이할 수 있음이다. 싸움한 뒤, 하루가

* 주릿대: 주리를 트는 데에 쓰는 두 개의 긴 막대기.

못 되어 두 사람이 베개를 나란히 하고 서로 꼭 끼고 잘 때에는 그렇게 고맙고 그렇게 감격이 일어나는 위안이 또다시 없음이다. 계집을 치고 화풀이를 하고 난 뒤에 다시 가슴을 에는 듯한 후회와 더 뜨거운 포옹으로 위로를 받을 그때에는 두 사람 아니라 방원에게는 그만큼 힘 있고 뜨거운 믿음이 또다시 없는 까닭이다.

계집은 일부러 소리를 높여서 꺼이꺼이 운다.

온 마을 사람이 거의 귀를 기울였으나,

"응, 또 사랑싸움을 하는군!"

하고 도리어 그 싸움을 부러워하였다. 옆집 젊은것이 와서 싱글싱글 웃으면서 들여다보며,

"인제 고만두라구."

하며 말리는 시늉을 한다. 동네 아이들만 마당 앞에 죽 늘어서서 눈들이 뚱그래서 구경을 한다.

3

그날 저녁에 방원은 술이 얼근하여 돌아왔다. 아까 계집을 차던 마음은 어느덧 풀어지고 술로 흥분된 마음에 그는 계집의

품이 몹시 그리워져서 자기 아내에게 사과를 할 마음까지 생기었다. 본시 사람이 좋고 마음이 약하고 다정한 그는 무식하게 자라난 까닭에 무지한 짓을 하기는 하나 그것은 결코 그의 성격을 말하는 무지함이 아니다.

그는 비척거리면서 집으로 향하는 길에 거슴츠레하게 풀린 눈을 스르르 내리감고 혼잣소리로,

"빌어먹을 놈! 나가라면 나가지 무서운가? 제 집 아니면 살 곳이 없는 줄 아는 게로군! 흥, 되지 않게 다 무엇이냐? 돈만 있으면 제일이냐? 이놈, 네가 그러다가는 이 주먹맛을 언제든지 볼라. 그대로 곱게 둬질 줄 아니?"

하고 개천 하나를 건너뛴 후에,

"돈! 돈이 무엇이냐."

한참 생각하다가,

"에후."

한숨을 쉬고 나서,

"돈이 사람 죽이는구나! 돈! 돈! 흥, 사람 나고 돈 났지 돈 나고 사람 났니?"

또 징검다리를 비척비척하고 건넌 뒤에,

"고 배라먹을 년이 왜 고렇게 포달*을 부려서 장부의 마음을

* 포달: 악을 쓰고 함부로 욕을 하며 대드는 일.

긁어 놓아!"

그의 목소리에는 말할 수 없이 다정한 맛이 있었다. 그는 자기 계집을 생각하면 모든 불평이 스러지는 듯이, 숙였던 고개를 쳐들어 하늘을 보면서,

"허어, 저도 고생은 고생이지."

하고 다시 고개를 숙인 후,

"내가 너무해, 너무 그럴 게 아닌데."

그는 자기 집에 와서 문고리를 붙잡고 잡아 흔들면서,

"얘! 자니! 자!"

그러나 대답이 없고 캄캄하다.

"이년이 어디를 갔어!"

그는 문짝을 깨어지라 하고 닫힌 후에 다시 길거리로 나와 그 옆집으로 가서,

"여보 아주머니! 우리 집 색시 어디 갔는지 보았소?"

밥들을 먹던 옆엣집 내외는,

"어디서 또 취했소그려! 애 어머니가 아까 머리단장을 하더니 저 방아께로 갑디다."

"방아께로."

"네."

"빌어먹을 년! 방아께로는 무얼 먹으러 갔누!"

다시 혼자 방아를 향하여 가면서 혼자 중얼거린다.

그는 방앗간을 막 뒤로 돌아서자 신치규와 자기 아내가 방앗간에서 나오는 것을 보았다.

"아!"

그는 너무 뜻밖의 일이므로 아무 말도 하지 못하고 그대로 한참이나 멀거니 서서 보기만 하였다.

그의 눈에서는 쌍심지가 거꾸로 섰다. 열이 올라와서 마치 주홍을 칠한 듯이 그의 눈은 붉어지고 번개 같은 광채가 번뜩거리었다.

그는 한참이나 사지를 떨었다. 두 이가 서로 맞쳐서 달그락달그락 하여졌다. 그의 주먹은 부서질 것같이 단단히 쥐어졌었다.

계집과 신치규는 방원이 와 선 것을 보고서 처음에는 조금 간담이 서늘하여졌으나 다시 태연하게 내려앉혔다. 일이 이렇게 되었으매 할대로 하라는 뜻이다.

방원은 달려들어서 계집의 팔목을 잡았다. 그리고 이를 악물고 부르르 떨었다.

"나는 네가 이럴 줄은 몰랐다."

계집은,

"무얼 이럴 줄을 몰라?"

하며 파란 눈을 흘겨보더니,

“나중에는 별꼴을 다 보겠네. 으레 그럴 줄을 인제 알았나? 놔요! 왜 남의 팔을 잡고 요 모양이야. 오늘부터는 나를 당신이 그리 함부로 하지는 못해요! 더러운 녀석 같으니! 계집이 싫다고 그러면 국으로 물러갈 일이지 이게 무슨 사내답지 못한 일야! 놔요!”

팔을 뿌리쳤으나 분노가 전신에 가득 찬 그는 그렇게 쉽게 손을 놓지 않았다.

“애! 네가 이것이 정말이냐?”

“정말 아니구 비싼 밥 먹고 거짓말할까?”

“네가 참으로 환장을 하였구나!”

“아니 누구더러 환장을 했대? 온 기가 막혀 죽겠지! 놔요! 놔! 왜 추근추근하게 이 모양이야? 놔.” 하고서 힘껏 뿌리치는 바람에 계집의 손이 쑥 빠지었다. 계집은 손목을 주무르면서 암상* 맞게 돌아섰다.

이때까지 이 꼴을 멀찌가니 서서보고 있던 신치규는 두어 발자국 나서더니 기침 한번을 서투르게 하고서,

“애! 네가 술이 취하였으면 일찍 들어가 자든지 할 것이지 웬 짓이냐? 네 눈깔에는 아무것도 보이는 것이 없단 말이냐? 너희

* 암상: 남을 미워하고 샘을 잘 내는 잔망스러운 심술.

연놈이 싸우는 것은 너희 연놈이 어디든지 가서 할 일이지 여기 누가 있는지 없는지 눈깔에 보이는 것이 없어?"

짐짓 소리를 높여 호령을 하였다.

"엣, 괘씸한 놈!"

눈깔을 부라리었다. 방원은 한참이나 쳐다보고서 말이 없었다. 생각대로 하면 한주먹에 때려눕힐 것이지마는 그래도 그의 머릿속에는 아까까지의 상전이라는 관념이 남아 있었다. 번갯불같이 그 관념이 그의 입과 팔을 얽어 놓았다. 어려서부터 오늘날까지 남을 섬겨 보기만 한 그의 마음은 상전이라면 모두 두려워하는 성질을 깊이깊이 뿌리를 박아 놓았다. 그러나 오늘부터는 신치규가 자기의 상전도 아니요, 자기가 신치규의 종도 아니다. 다만 똑같은 사람으로 마주 섰을 뿐이다. 아니다, 지금부터는 신치규는 방원의 원수였다. 그의 간을 씹어 먹어도 오히려 나머지 한이 있는 원수다.

신치규는 똑바로 쳐다보는 방원을 마주 쳐다보며,

"똑바루 보면 어쩔 터이냐? 온 세상이 망하려니까 별 해괴한 일이 다 많거든. 어째 이놈아?"

"이놈아?"

방원은 한걸음 들어섰다. 나무같이 힘센 다리가 성큼 하고 나설 때 신치규는 머리끝이 으쓱하였다. 쇠몽둥이 같은 두 주먹이 쑥 앞으로 닥칠 때 그의 가슴은 덜컥 내려앉았다.

“네 입에서 이놈아 라는 소리가 나오니? 이 사지를 찢어 발겨도 오히려 시원치 못할 놈아! 네가 내 계집을 뺏으려고 오늘 날더러 나가라고 그랬지?”

“어허, 이거 그놈이 눈깔이 뻬었군. 애, 나는 먼저 들어가겠다. 너는 네 서방하고 나중 들어오너라!”

신치규는 형세가 위험하니까 슬금슬금 꽁무니를 빼려고 돌아서서 들어가려 하니까 방원은 돌아서는 신치규의 멱살을 잔뜩 쥐어 한 팔로 바싹 치켜들고,

“이놈, 어디를 가? 네가 이때까지 맛을 몰랐구나?”

하며 한번 집어 쳐 땅바닥에다가 태질을 한 뒤에 그대로 타고 앉아서 목줄띠를 누르니까, 마치 뱀이 개구리 잡아먹을 적 모양으로 깩깩 소리가 나며 말 한마디도 하지 못한다.

“이놈, 너 죽고 나 죽으면 고만 아니냐?”

하고 방원은 주먹으로 사정없이 닥치는 대로 들이 팬다. 나중에는 주먹이 부족하여 옆에 있는 모루돌멩이를 집어서 죽어라 하고 내리친다. 그의 팔, 그의 온몸에는 끓어오르는 분노가 극도에 달하자 사람의 가슴속에 본능적으로 숨어 있는 잔인성殘忍性이 조금도 남지 않고 그대로 나타났다. 그의 눈은 마치 펄떡펄떡 뛰는 미끼를 가로차고 앉은 승냥이나 이리와 같이 뜨거

운 피를 보고야 만족하다는 듯이 무섭게 번쩍거렸다. 그에게는 초자연超自然의 무서운 힘이 그의 팔과 다리에 올라왔다.

이 꼴을 보는 계집은 무서웠다. 끔찍끔찍한 일이 목전에 생길 것이다. 그의 맥이 풀린 다리는 마음대로 놓여지지 아니하였다.

"아! 사람 살류! 사람 살류!"

적적한 밤중의 쓸쓸한 마을에는 처참한 여자 목소리가 으스스하게 울리었다. 이 소리를 들은 방원은 더욱 힘을 주어서 눈을 딱 감고 죽어라 내리 짓찧었다. 뼈가 돌에 맞는 소리가 살이 을크러지는 소리와 함께 퍽퍽 하였다. 피 묻은 돌이 여기저기 흩어지고 갈가리 찢긴 옷에는 살점이 묻었다.

동네 편 쪽에서 수군수군하더니 구두 소리가 나며 칼 소리가 덜거덕거리었다. 방원의 머리에는 번갯불같이 무엇이 보이었다. 그는 손에 주먹을 쥔 채 잠깐 정신을 차려 그쪽으로 귀를 기울였다.

"순검."

그는 신치규의 배를 타고 앉아서 순검의 구두 소리를 듣자 비로소 자기가 무슨 짓을 하였는지 깨달았다.

그는 미친 사람처럼 일어났다. 그리고는 옆에 서서 벌벌 떠는 계집에게로 갔다.

"애! 가자! 도망가자! 너하고 나하고 같이 가자! 자! 어서, 어서!"

계집은 자기에게 또 무슨 일이 있을까 하여 겁을 내어 도망을 하려 한다. 방원은 계집을 따라가며,

"얘! 얘! 네가 이렇게도 나를 몰라주니? 내가 너를 어떻게 생각하는지 알지를 못하니? 자! 어서, 도망가자, 어서 어서, 뒤에서 순검이 쫓아온다."

계집은 그대로 서서 종종걸음을 치며,

"싫소! 임자나 가구려! 나는 싫어요, 싫어."

"가자! 응! 가!"

그는 미친 사람처럼 계집의 팔을 붙잡고 끌었다. 그때 누구인지 그의 두 팔을 마치 형틀에 매다는 것같이 꽉 뒤로 껴안는 사람이 있었다.

"이놈아! 어디를 가?"

그는 뒤를 돌아보지 않고도 그가 누구인지 알았다. 그는 온 전신에 맥이 풀리어 그대로 뒤로 자빠지려 할 때 어느덧 널판 같은 주먹이 그의 뺨을 사정없이 갈겼다.

"정신 차려."

"네."

그는 무의식하게 고개가 숙여지고 말소리가 공손하여졌다.

땅바닥에서는 신치규가 꿈지럭거리며 이리저리 뒹군다. 청승스러운 비명이 들린다.

방원은 포승 지인 채, 계집은 그대로 주재소로 끌려가고, 신치규는 머슴들이 업어 들였다.

4

석 달이 지났다. 상해죄傷害罪로 감옥에서 복역을 하던 방원은 만기가 되어 출옥을 하였다. 그러나 신치규는 아무 일 없이 자기 집에서 치료하고 방원의 계집을 데려다 산다. 신치규는 온몸이 나은 뒤에 홀로 생각하였다.

'죽는 줄 알았더니 그래도 이렇게 살아 있으니!' 하고 얼굴에 흠이 진 곳을 만져 보며,

'오히려 그놈이 그렇게 한 것이 나에게는 다행이지, 얼굴이 아프기는 좀 하였으나! 허어.'

'어떻게 그놈을 떼어 버릴까 하고 그렇지 않아도 걱정을 하던 차에 잘되었지. 그놈 한 십 년 감옥에서 콩밥을 먹었으면 좋겠다.'

방원은 감옥 속에서 생각하기를 나가기만 하면 연놈을 죽여 버리고 제가 죽든지 요정을 내리라 하였다.

집에서 내어 쫓기고 계집까지 빼앗기고, 그것을 생각하면 이가 갈리고 치가 떨리었다. 그것이 모두 자기가 돈 없는 탓인 것

을 생각하매 더욱 분한 생각이 났다.

'에 더러운 년.'

그는 홍바지에 쇠사슬을 차고서 일을 할 때에도 가끔 침을 땅에다 뱉으면서 혼자 중얼거리었다.

'사람이 이러고서야 살아서 무엇 하나. 멀쩡한 놈이 계집 빼앗기고 생으로 콩밥까지 먹으니….'

그가 감옥에서 나올 때에는 감옥소를 다시 한 번 둘러보고, 내가 여기서 마지막으로 목숨을 잃어버리든지 그렇지 않으면 내가 내 손으로 내 목을 찔러 죽든지, 무슨 요정이 날 것을 생각하고, 다시 온몸에 힘을 주고 씁쓸한 웃음을 웃었다.

그는 이 백리나 되는 길을 걸어서 계집이 사는 촌에를 왔다.

그러나 아무도 그를 아는 척하는 사람이 없었다. 전에 친하게 지내던 사람들도 그를 보고 피해 갔다.

마치 문둥병자나 마찬가지 대우를 하였다. 감옥에서 나온 뒤로부터는 더욱 이 세상이 차디차졌다. 자기가 상상하던 것보다도 더 무정하여졌다. 그는 하는 수 없이 밤이 될 때까지 그 근처 산속으로 돌아다녔다. 그래서 깊은 밤에 촌으로 내려왔다. 그는 그 방앗간을 다시 지나갔다. 석 달 전 생각이 났다. 자기가 여기서 잡혀갔다는 것을 생각할 때 더욱 억울하고 분한 생각이 치밀어 올라왔다. 그는 한참이나 거기 서서 그때 일을 생각하고 몸서리를 친 후에 다시 그전 집을 찾아갔다.

날이 몹시 추워지고 눈이 쌓였다. 옷은 입은 것이 가을에 입고 감옥에 들어갔던 그것이므로 살을 에이는 듯한 것이로되 그는 분한 생각과 흥분된 마음에 그것도 몰랐다.

'연놈을 모두 처치를 해버려?'

혼자 속으로 궁리를 하다가,

'그렇지, 그까짓 것들은 살려 두어 쓸데없는 인생들이야.'

하면서 옆구리에 지른 기름한 단도를 다시 만져 보았다. 그는 감격스런 마음으로 그것을 쓰다듬었다. 그는 신치규의 집 울을 넘어 들어갔다. 그의 발은 전에 다닐 적같이 익숙하였다. 그는 사랑을 엿보고 다시 뒤로 돌아서 건넌방 창 밑에 와 섰었다. 귀를 기울였으나 아무 말도 들리지 않았다. 그는 손에 칼을 빼들었다. 그리고는 일부러 뒤 창문을 달각달각 흔들었다.

"그 뉘?"

하고 계집의 머리가 쑥 나오며 문이 열리었다. 그는 얼른 비켜섰다. 문은 다시 닫혀 지고 계집은 들어갔다.

방원의 마음은 이상하게 동요가 되었다. 어여쁜 계집의 목소리가 오래간만에 귀에 들릴 때, 마치 자기가 감옥에서 꿈을 꿀 적 모양으로 요염하고도 황홀하게 그의 마음을 꾀는 것 같았다. 그는 꿈속에 다시 만난 것 같고 오래간만에 그를 만나 보매 모든 결심은 얼음같이 녹는 듯하였다. 그래도 계집이 설마 나를 영영 잊어버리랴 하고 옛날의 정리를 생각할 때 그것이 거짓말이 아니고 무엇이랴는 생각이 났다.

아무리 자기를 감옥에까지 가게 하였다 하더라도 그는 감히 칼을 들어 죽이려는 용기가 단번에 나지 않아서 주저하기 시작했다.

'아니다, 다시 한 번만 물어 보자!'

그는 들었던 칼을 다시 집고 생각하였다.

'거짓말이다. 거짓말이다! 그럴 리가 없다.'

그는 반신반의하였다.

'그렇다. 한 번만 다시 물어 보고 죽이든 살리든 하자!'

그는 다시 문을 달각달각 하였다. 계집은 이번에 다시 문을 열고 사면을 둘러보더니 헌 짚신짝을 신고 나왔다.

"뉘요?"

그는 방원이 서 있는 집 모퉁이를 돌아서려 할 제,

"내다!"

하고 입을 틀어막고 칼을 가슴에 대었다.

"떠들면 죽어!"

방원은 계집의 입을 수건으로 틀어막고 결박을 한 후 들쳐 업고서 번개같이 달음질하였다. 그는 어느 결에 계집을 업어다가 물레방아 앞에 내려놓은 후 결박을 풀었다. 그리고 한숨을 쉬었다.

"나를 모르겠니?"

캄캄한 그믐밤에 얼굴을 바짝 계집의 코앞에 들이대었다. 계집은 얼굴을 자세히 보더니,

"아!"

소리를 지르더니 뒤로 물러섰다.

"조금도 놀랄 것이 없다. 오늘 네가 내 말을 들으면 살려 줄 것이요, 그렇지 않으면 이것이야."

하고 시퍼런 칼을 들이대었다. 계집은 다시 태연하게,

"말요? 임자의 말을 들을 것 같으면 벌써 들었지요, 이때까지 있겠소? 임자도 남의 마음을 알지요. 임자와 나와 이 년 전에 이곳으로 도망해 올 적에도 전남편이 나를 죽이겠다고 칼로 허리를 찔러 그 흠이 있는 것을 날마다 밤에 당신이 어루만지었지요? 내가 그까짓 칼쯤을 무서워서 나 하고 싶은 짓을 못 한단 말이오? 힝, 이게 무슨 비겁한 짓이오, 사내자식이. 자! 찌르려거든 찔러 보아요. 자, 자."

계집은 두 가슴을 벌리고 대들었다. 방원은 너무 계집의 태도가 대담하므로 들었던 칼이 도리어 뒤로 움찔할 만큼 기가 막혔다. 그는 무의식하게,

"정말이냐?"

하고 한걸음 더 가까이 나섰다.

"정말이 아니고? 내가 비록 여자이지마는 당신같이 겁쟁이는 아니 라오! 이것이 도무지 무엇이오?"

계집은 그래도 두려웠던지 방원의 손에 든 칼을 뿌리쳐 땅에 떨어뜨리었다.

이 칼이 땅에 떨어지자 방원은 여태까지 용사와 같이 보이던 계집이 몹시 비겁스럽고 더러워 보이어 다시 칼을 집어 들고 덤비었다.

"에잇! 간사한 년! 어쩔 터이냐? 나하고 당장에 멀리멀리 가지 않을 터이냐? 자아, 가자!"

그는 눈물이 어린 눈으로 타일러 보기도 하고 간청도 하여 보았다.

"자아, 어서 옛날과 같이 나하고 멀리멀리 도망을 가자! 나는 참으로 나의 칼로 너를 죽일 수는 없다!"

계집의 눈에는 독이 올라왔다. 광채가 어두운 밤의 번개같이 번쩍거리며,

"싫어요. 나는 죽으면 죽었지 가기는 싫어요. 이제 나는 고만 그렇게 구차하고 천한 생활을 다시 하기는 싫어요. 고만 물렸어요."

"너의 입으로 정말 그런 말이 나오느냐? 너는 나를 우리 고향

에 다시 돌아가지도 못하게 만들어 놓고 나의 모든 것을 다 잃어버리게 한 후에 또 나중에는 세상에서 지옥이라고 하는 감옥소에까지 가게 하였지! 그러고도 나의 맨 마지막 원을 들어주지 않을 터이냐?"

"나는 언제든지 당신 손에 죽을 것까지도 알고 있소! 자! 오늘 죽으나 내일 죽으나 언제든지 죽기는 일반, 이렇게 된 이상 나를 죽이시오."

"정말이냐? 정말이야?"

"정말요!"

계집은 결심한 뜻을 나타내었다. 방원의 손은 떨리었다. 그리고 그는 눈을 꽉 감고,

"에, 여우같은 년!"

하고 칼끝을 계집의 옆구리를 향하고 힘껏 내밀었다. 계집은 이를 악물고,

"사람 죽인다!"

소리 한 번에 그 자리에 거꾸러졌다. 칼자루를 든 손이 피가 몰리는 바람에 우루루 떨리더니 피가 새어 나왔다. 방원은 그 칼을 빼어 들더니 계집 위에 거꾸러져서 가슴을 찌르고 절명하여 버렸다.

1896. 4. 28.

나
혜
석

1948. 12. 10.

1936

현숙

六

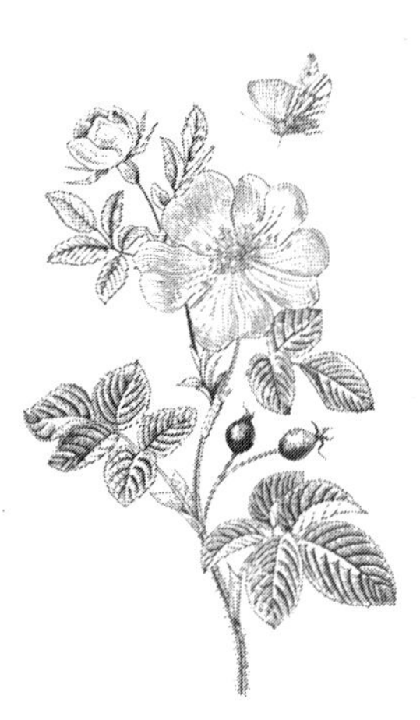

1

반 년 만에 두 사람은 만났다. 남자가 여자에게 초대를 받았으나 원래부터 이러한 기회 오기를 남자는 기다리고 있었다. 물론 동무들의 말, 여러 가지 이야기를 하였다.

지금 대면하고 보니 향기 있는 농후한 뺨, 진달래꽃 같은 입술, 마호가니 맛 같은 따뜻한 숨소리, 오랫동안 잊고 있던 그에게 더없는 흥분을 주었다.

확실히 반 년 전 여자는 아니었다. 어떠한 이성에게든지 기욕嗜慾을 소화할 수 있는 여자의 자태는 한껏 뻗치는 식지食指가 거리낌없이 신출新出함을 기다리고 있는 양이었다.

"……어떻든지 그대의 태도는 재미가 없었어. A상회를 3일 만에 고만둔 것이라든지 카페에 여급이 된 것이라든지……."

"……하루라도 더 있을 수가 없으니까 그렇지, 내게 여급이 적당할 듯하니까 그렇지. 그리고 나는 양화가 K선생 집 모델로 매일 통행하였어. K선생은 참 자모여. 선생의 일을 언제나 귀공에게 말하지. 선생은 늘 나를 불쾌하게 하면서 내가 아니면 아니될 일이 많아……."

"응, 그래, 자 마십시다."

그는 저기 갖다놓은 홍차를 여자에게 주의主意주었다.

"그리고 나는 요사이 금전등록기가 되었어. 간단하고 효과 있는 명쾌한 것, 반응 100%는 어딘지, 하하하하……."

좀 까부는 듯하여 2, 3차 뜨거운 차를 불면서,

'내게서 반 년 동안 떠난 사이에 퍽 적막했었지? 인제 고만 내게로 오지.' 하는 듯한 표정으로 말끔한 남자의 얼굴을 보았다.

이십삼의 색이 희고 목덜미가 드묵하고 몸에 맞는 의복, 여자와 대면해 있는 남자는 어느 신문사 기자. 아직 아침 아홉 시 조조早朝 때, 남대문 스테이션 부근 작은 끽다점이었다.

"나는 오늘 좋은 플랜을 가지고 왔어. 그렇지만 당신이 이전과 같이 무서운 질투를 가져서는 아니되어요. 벌써 시크가 되지 아니했소?"

"글쎄, 어떨는지! 이번에는 당신이 발을 들여놓지 않는다니 무어나 상관없잖은가."

그는 잠깐 웃었다.

여자의 플랜이라는 것은 끽다점 양점陽點이었다. 장소는 종로 1정목, 그것을 인계하여 경영하고 싶으나 4백 원이라는 돈이 있어야 한다. 그리하여 1구—口 10원, 유지有志*는 10구 이상을 신청할 사, 그녀가 상의하려고 두 사람뿐의 적당한 밤을 기다린 것이다.

"지금까지 친했던 사람이 좋지 않소, 그래 몇 구나 되었어?"

"25, 6구, 모두 불경기라는 말들만 하니까."

"그래 몇 사람이나 되어?"

남자는 큰 눈을 떴다.

"그러니 말이야, 그것이 신사 계약이에요. 누구나 다 자기 혼자만인 줄 알고 있는 것! 당신이야말로 이전부터 손되는 일은 없으니까. 하하……."

여자는 깔깔 웃는다.

"그러나 당신은 아까 나더러 레시스터 같은 생활을 한다고 했지? 그러니까 예하면 10구의 남자에게 대하여는 10구 정도, 20구의 남자에 대하여는……."

"머리가 좋지 못해, 그렇게 서비스가 싫으면 최대 한도의 구

* 유지有志: 뜻있는 사람.

수를 가질 것이지. 그러니 30구만 해. 돈은 2차도 좋아…… 어때? 응?"

"당신의 말을 누가 하는데, 좋은 패트런이 생겼대지? 패트런을 가지는 것은 얼마나 부러운 일인가."

"무어 그렇지도 않아. 부르조아 옹翁이 때때로 정자옥丁子屋 식당에 가서 점심이나 사줄 뿐이지."

그는 역시 그 옹을 생각하였다. 그 옹에게 말하면 다소 뭉텅이 돈이 생길 듯하여. 여자는 이 플랜을 남자가 승인한 것을 알았다. 그리하여 가지고 있던 여러 장 편지를 테이블 위에 던졌다.

"거기 러브 레터도 있나?"

남자는 말했다.

"그래. 러브 레터도 많지만 문제는 그것이 아니야. 당신더러 답장을 써 달라고 싶어 그래. 요새 나는 순정한 젊은 청년들의 편지에 대하여 일행반구一行半句도 답이 써지지 않아. 그래 문구를 생각해서 잘 쓰려고 해도 안돼요. 네? 써주어요! 청해요!"

여자는 거짓말을 아니했다. 과연 일행반구도 써지지 않아 금일까지 답장을 질질 끌어 왔다.

그럴 동안에 남자는 편지를 일독하였다. 그 여자와 동숙同宿해 있는 남자의 편지였다.

"당신에게 대한 사랑을 말합니다. 벌써 오랫동안 참아 왔으나 참을래야 참을 수 없소. 마음에 찬 편지도 금야今夜 정하지 않고 내일을 기다립니다……"라는 의미이었다.

남자는 눈살을 찌푸렸다. 포켓에서 만년필을 뺐다. 동시에 여자는 속히 핸드백에서 레터 페이퍼를 내놓고 곧 쓰도록 현재 자기 여관 생활을 이야기하였다. 청년은 아랫방에 있고 여자는 그 옆방, 그리고 그 옆방에는 노시인이 있었다. 청년은 2, 3개월 전에 지방에서 상경하여 선전鮮展* 출품 준비를 하는 중이니 아무쪼록 입선되기를 바란다고 써 달라 하였다.

기자는 레터 페이퍼의 꺾인 줄을 펴가며 써 간다. 과연 추찰推察**이 민첩하였다.

"당신과 같이 나도 당신을 사랑합니다마는 밝으나 어두우나 빵을 구하기 위하여 바쁩니다. 지금 이 편지를 쓰는 것도 넉넉한 시간이 없습니다."

이렇게 세세하게 그는 여자다운 문자를 써서 편지를 썼다.

"이것을 청서清書하오."

"그래 잘 되었어. 내 청서할게. 역시 당신은 거짓말쟁이구려."

---

* 선전鮮展: 조선미술전람회.

** 추찰推察: 미루어 헤아리다.

"그 거짓말쟁이를 이용하는 당신이 더 거짓말쟁이지."

여자는 죽죽 답장을 읽었다. 최후에 '친구의 여관에서 당신을 사모하며'라고 했다. 그 다음에 ……이라고 쓰면 우습겠는데, 그렇게 일행一行을 썼다.

"이 애, 그런 것을 썼다가는 내가 죽는다."

"그럴 거 아니야. 이걸로 잘 되었어. 그 사람은 이 답장을 호흡을 크게 하며 보겠지. 심장을 상할 터이지. 그때라고 썼으면 우습겠지. 딱 닥뜨리면 그곳에서 처음으로 호흡을 크게 쉬게 될 것이지."

"무얼, 반대로 이기면 심장이 더 동계動悸*하는 것이야."

"그것은 당신의 육필이니까. 이것은 누구의 대필이라고 생각해서 신용하지 않을 것이오."

"그러면 답장을 하지 않는 것이 좋지 아니해? 그것이 된 대로 기분을 잘 표현시킨 것이니까."

여자는 청년의 뛰는 기분을 생각하면 할수록 결국 반대 방향을 향하고 싶었다. 그리하여 접은 레터 페이퍼를 서양 봉투에 넣었다.

이렇게도 변할 수 있을까 할 만치 된 남자의 눈은 그의 시계

---

* 동계動悸: 심장의 고동이 심하여 가슴이 울렁거림.

를 내어 보았다.

"금야, 7시경, 종로 네거리에서 만납시다."

하였다. 두 사람은 섰다.

2

안국정 ○○하숙은 가을 비 흐린 날 어둠침침하였다. 노시인 방은 발디딜 곳 없이 고신문 고잡지가 산같이 쌓였다. 시인 자신은 한가운데 책상 대신 행리行李*를 놓고 앉아 3인 동반의 학생에게 향하여 큰 말소리로 이야기하고 앉았다. 지방 고등보통학교 학생 제복을 입은 학생 3인은 빈궁하고도 유명한 노시인에게 충심껏 경의를 표하는 어조로,

"반 년 전에 선생님께서 지어주신 교가보校歌譜가 최근 겨우 되었습니다. S씨의 작곡입니다. 오늘은 저희들이 교우회 대표로 선생님께 보고하러 왔습니다. 저희는 가서 곧 전교 학생에게 발표하려고 합니다. 선생님 저희들이 불러 보겠습니다."

3인은 경의를 다하여 작은 소리로 교가를 불렀다. 노시인은

* 행리行李: 짐보따리.

취한 얼굴로 둘째 손가락으로 박자를 맞추고 있었다.

그런데 정직하게 말하면 노시인은 타인의 노래를 듣는 것같이 자기가 지은 것을 전혀 잊고 있었다. 그러나 그들의 유창한 노래에 흥분되어 2, 3개소 기억되는 문구가 있었다.

"응! 그것! 그것! 확실히 그것이다!"

노시인은 대머리를 쓰다듬고 고개를 끄덕끄덕했다.

"참 좋은 곡조다. 나는 바이런을 숭배하고 있다. 이 교가에는 바이런의 시 냄새가 난다. 한 번 더 불러 주오, 나도 같이 배워 봅시다."

학생들은 노시인의 정열적인 말에 소리는 점점 크게 높게 되었다. 노시인은 우쭐우쭐 하여졌다. 그때까지 한편 구석에 전연 무시해 버렸던 엷고 때묻은 샤쓰 1매의 청년 화가가 벌떡 일어서며,

"선생님 제가 한턱 하지요."

찢어진 창문을 열고 넣어 있던 5, 6병(원문은 本) 비어를 노시인의 행리 앞에 내놓는다.

"L군 수고했소. 마셔도 좋지."

노시인은 실눈을 하고 좋아하였다.

"L군, 나중에 군에게 많은 주정을 할 터이야."

노시인은 L군에게 모델이 되어 있었다. 3, 4일간 서로 시간이

맞지 아니하였고, 오늘은 학생을 만나 좋은 기분으로 모델료 비어를 미리 사서 두는 것이다. 물론 L군은 노시인을 기쁘게 하기 위하여 가지고 왔던 비어를 다 내놓았다.

학생들은 노시인의 권고로 한잔씩 했다. 노시인은 더 놀다 가라고 그들을 붙잡았으나 그들은 간다고 하므로 노시인은 취보醉步로 3인을 따라 가도街道로 나섰다. L군은 혼자 되었다. 어수선히 늘어놓은 고신문은 거칠었다. L은 마시면서,

"……희망에 충만한 청년들이……."

2, 3차 입속으로 되풀이 하다가 다시 자기의 희망이 먼 현재의 불행을 느끼게 되었다.

현숙의 반신返信은…… 왜 현숙의 마음을 좀더 일찍이 알지 못하였던고? 그렇지 못해서 그녀의 마음을 물었던 것이다. 그리하여 현숙의 반신은 그같이 저를 번롱弄하여 보낸 것이 아닌가. 그렇게 생각해 볼 때 그는 결코 그녀에 대하여 노할 수 없었다.

'현숙은 현숙의 편지 쓴 대로 매우 바쁘단다. 그러나 현숙의 세평은 매우 나쁘다.'

그는 아픈 가슴으로 때때로 귀에 들어오는 현숙의 세평에 대하여 안타까워하였다.

노시인과 현숙과 자기 3인이 이같이 한 여관에서 친신親身과 같이 생활해 가는 현재가 우연이지만 불편한 적도 있었다. 노시

인은 언제든지 술이 취하여 술값이 없으면 며칠이라도 굶었다.

"A가 내게 시를 주었다. 술에 기운을 다 뺏긴 것처럼 말하지만 이렇게 늙어도 피는 아직도 뜨겁다."

50이 넘도록 독신으로 있는 그는 쓸쓸한 표정을 하였다.

현숙은 노시인의 시집을 책점에서 사서 애독한 일이 있으므로 노시인의 신변을 주의하고 돈이 생기면 반드시 술을 사서 부어 권고하므로 적막한 노시인의 생활은 현숙의 호의로 명쾌하게 되었다. 그러므로 따라서 3인의 생활은 한 사람도 떼어 살 수가 없이 되었다. 금년이야말로 L이 선전에 입선되기를 기대하면서 노시인은 모델이 된 것이다.

"모델 노릇을 누가 하리마는 군에게는 특별히 되지. 그래 매일 술이나 줄 터인가? 내가 훅훅 마시는 것을 그리면 내 기분이 날 것이다."

그리하여 L은 배수의 진을 쳤다. 만일 금년에 낙선하면 화필을 던지리라고 생각하였다. 다 읽은 서적과 의복 등을 전당하여 50호 캔버스와 화구와 또 비어 두 타스를 사가지고 온 것이다. 비어 계절도 아니지마는 비어를 보기만 하여도 기분이 흥분되는 까닭이었다.

1일에 2시간, 비어 3병, 화제는 'Y노폐 시인老廢時人' 그것은 노시인 자신이 선정한 것이다. 최초 4, 5일간은 규정대로 실행하

여 호색이 났다. 노시인은 규정대로 3병을 마시고 나서,

"아, 맛있어라" 하고 밖으로 나갔다. 동숙자 3인 중 언제든지 화풍和風이 부는 현숙은,

"네? 선생님, 나는 바느질도 할 줄 알아요, 선생님 의복이 더러웠어요."

현숙은 말하면서 더러운 방을 들여다보다가 언덕에 부는 바람과 같이 L의 옆으로 뛰어들었다. L은 그 매력에 취하여 다시 둥글둥글 뒹굴었다.

"나는 조금 아까 당신 방을 열어 보았어. 무슨 일기 같은 것을 쓰고 있습디다 그려. 다들 그렇게 생각해 주지, 응? 그래 내가 한 반신이 퍽 재미있었지? 정말은 감정보다 회계會計, 회계 그것 말이야…… 응 무엇을 생각해…… 연애의 입구는 회계로부터 시작되는 것이 좋아. 참 나는 지금까지 감정으로 들어가 모든 것을 실패해 왔어. 그러므로 당신과 같이 순정스러운 청년에게 대하는 것처럼 어렵고 무서운 것은 없어."

"나는 다만 현숙씨와 동숙하고 있는 것으로 만족하고 있소."

"그러나 L씨, 나는 근일 내로 이 집을 떠나가려 해요."

"……."

"실망하는 표정이구려, 실망해서는 안되오. 나는 많은 눈물을 지었었습니다마는, 실망은 아니했어요. 언제 내가 선생님과

당신에게 좋은 통지를 해 주지. 나는 지금 퍽 재미있는 일을 계획하고 있어요. 나는 또 나가야 하겠어요. 조금 잊어버릴 일이 있어."

한 번 더 현숙은 목에 내린 머리를 거듭 (손질)하고 예쁜 눈을 실눈을 하며 거울 앞에서 몸을 꾸미고 있었다.

"오늘 저녁에 돌아올게."

혼잣말로 하고 대문을 나섰다.

3

익조, 노시인은 일찍 눈이 뜨여 담배를 빨고 있으려니 누구의 발소리가 났다. 여자인 듯하여,

"현숙이요?"

하고 물었다. 그러나 현숙은 대답을 아니하고 자기 방으로 들어갔다.

"또 취했군."

선생은 "무슨 일이 또 있었군." 이렇게 말하며 너무 걱정이 되어 문틈으로 들여다보았다. 선생은 나와 현숙의 방으로 왔다. 현숙은 L이 펴놓아 준 자리에 드러누워 천정을 쳐다보며

말한다.

"선생님, 저도 술 마셔도 좋지요? 어찌 마시고 싶었었는지요…… 네? 선생님 저는 어떻게 하여야 좋아요?"

다 말을 그치지 못하고 옆으로 드러누워 훌쩍훌쩍 운다. 현숙은 작야昨夜부터 오늘 아침까지 생긴 불쾌한 일을 잊으려고 하였다. ……화가 K선생은 현숙과 새로 계약한 것을 파약破約하였다. 그것도 그녀의 플랜 배후에 4, 5인의 남자를 상상않을 수 없었던 이유였다. 그것보다 돌아온 자기 방에 누가 자리를 펴놓아 준 것이다.

"고맙습니다! 고맙습니다. 선생님, 내 이 눈물을 기억하라고 말씀해 주십쇼."

취하여 괴로운지 외로워서 우는지 노시인은 도무지 알 수 없으나 어떻든 밖으로 나가 세숫대야에 물을 담아다가 현숙의 이마 위에 수건을 축여 얹었다. 현숙은 찬 물이 목에 흐른다고 중얼대며 물을 뿌렸다.

"참, 할 줄 몰라서" 노시인은 무참스러워했다.

그럴 때 L이 들어왔다. 이 기이한 현숙의 취태를 한참 서서 보다가 노시인에게 속살거렸다.

"대가大家 K선생이 어디서 무슨 일이 생겼대요."

"어쩐지 이상해. K가 그럴는지 몰라, 확실한 것을 알아야 하겠군. 여하튼 타락만은 하지 않도록 해야지."

노시인은 엄숙한 표정으로 현숙을 노려보았다.

그 이튿날 오후 노시인은 L과도 상의치 아니하고 사직동에 있는 K대가 집으로 달려갔다. 노시인은 서서히 말을 꺼내어 현숙의 말을 하였다.

"요즈음 현숙은 매우 변했소. 당신은 여러 가지로 보아 현숙에게 책임감을 가지지 아니하면 안되오. 어젯밤은 늦도록 여기서 술을 마시지 아니했소?"

"아니 당신은 무슨 오해를 하신 양 같소."

뚱뚱하고 점잖은 K는 가른 대머리를 불쾌하게 만지면서,

"그 책임이라고 하는 당신의 의미는 대체 무엇이오?"

"그런 것을 내게 물을 것이오?"

"아무래도 당신은 오해한 것 같소. 그 현숙은 여러 화가와 알아서 모델값 3원, 5원, 10원씩 받는다구요. 나는 전연 모른다고는 할 수 없으나 현숙은 결코 내게만 책임을 지울 것이 아니오. 아니 그렇게 말할 수 없을 것이오."

"그런 변명을 할 것이 아니오. 현숙은 얌전한 여성이오. 그래도 남자이거든 그 여자를 사람다운 길로 인도해 주는 것이 어떻소. 오늘 아침에 돌아오는 현숙을 보니 그리로 하여 타락해진 것이라고 생각이 들던 것이오."

"참 이상한 일이오. 내게는 그런 책임이 없어요. 현숙의 배후에는 여러 남자가 있었는데, 곤란 받을 리도 없어요. 당신은 나만 책하지만 대체 당신에게 그런 권리가 있소?"

"무엇?"

노시인은 두 뺨이 붉어지며 교의에서 벌떡 일어섰다.

"어떻든 가시오. 돈이면……."

K는 약간 때묻은 조끼에서 구겨진 지폐를 꺼냈다. 10원짜리였다.

"요새 당신의 시도 뒤진 것이 되어 잘 팔리지 아니하니까 무엇이 걸려들까 하는 중이구려 흥흥."

이 말을 들은 노시인은 불과 같이 발분하였다. K가 주는 지폐를 찢어서 책상 위에 던지는 동시에 의자 등을 엎어놓고 문밖으로 나왔다. 노시인의 가슴은 뛰었다.

"현숙이뿐 아니라 나까지 모욕한다. 어디 보자, 대가인 체하는 꼴 되지 않게…… 남의 처녀를 농락하는 것만이라도 가만 있을 수가 없어……."

하며 노기등등하여 가까운 술집에 들어가서 4, 5시간 동안 마시었다. 나중에 가도로 나온 노시인은 건드렁건드렁 취하였다. 자기 숙소로 돌아올 때는 벌써 밤 12시가 되어 현숙과 L은 다 각각 잠이 들지 못하여 애를 쓰고 있는 때이었다. 노시인은 다른 사람의 부축을 받아서 숙소 문턱까지 왔으나 그의 얼굴과 머리는 붕대를 하였고 두루마기와 버선은 흙투성이었다. 어느 구렁텅이에 빠진 것을 다행히 건져냈다는 근처 사람의 말이었다. 현숙은 드러누웠던 자리에서 일어나 노시인의 수족을 훔쳐 주고 자리에 끌어다 뉘었다. 그럴 동안 노시인은 반 어물거리는 소리로,

"그놈, 그놈도 별놈 아니었었구나……. 그놈 예술가의 탈을 벗거든 내가 껍질을 홀랑 벗길 것이다."

그렇게 되풀이하며 저주하는 것을 보고 현숙은 직각적으로 알았다.

'선생은 틀림없이 K선생 집에를 가셨던 (거)구나' 하고 현숙은 불의에 눈물이 돌아 금할 수 없게 되었다. 현숙은 노시인에게 자리옷을 갈아입히면서 눈물을 씻었다. 웬일인지 흙이 눈에 들어갔다. 그것은 노시인의 두루마기 자락에 묻었던 것이다. 현숙은 웃었다.

"무엇이 우스워."

노시인은 무거운 취한 눈을 딱 부릅떴다.

"이것 보셔요. 어느 틈에 선생님의 두루마기 자락으로 눈물을 씻었어요. 이것 좀 보셔요. 이렇게 흙이 묻지 않았어요?"

현숙은 대굴대굴 구르며 웃는다. L도 옆에서 조력助力하며 싱

글싱글 웃었다.

익조에 현숙은 창백한 얼굴로 얼빠진 것같이 창밖을 내다보고 섰었다. 그럴 때 마침 노시인은 자리옷 입은 채로 들어와서 아버지 같은 어조로,

"가난이란 참 고생스럽지. 개 같은 놈들에게 머리를 숙여야 하고 싫은 것도 하지 않으면 안되지. 그래 일을 생각하여 일찍이 잠이 깨었어. 현숙이도 지금부터는 쓸데없는 남자와 오고가고 해서는 안되어."

힘을 들여 말한다.

"네? 선생님 저는 고로苦勞하지 않아요. 엄벙하고 지내요. 그렇지 않으면 살길이 없지 않아요?"

"응 그렇지."

"그러므로 저는 선생님이 생각하고 계시는 것보다 태연해요……. 나라는 여자는 고마운 일이 아니면 울고 싶지 아니해요. 남이 야속하게 한다고 울지 않아요!"

"응, 우리는 가난뱅이들이니까 울고 싶어야 울지. 울게 되면 얼마라도 가슴이 비워지니까!"

그리하여 노시인은 젊은 여성의 마음을 알아주는 것처럼 미소하였다. 한 번 더 아침잠을 자려고 자기 방으로 돌아갔다. 현숙은 많이 잔 끝이라 그대로 화장을 하러 일어나며,

'얼마나 훌륭한 선생인가.'

혼자말로 아니할 수 없었다.

'아무 말도 아니해서 선생들 하는 일이 우스우나 지금 내 생활을 선생이 알 것 같으면…… 나는 쓸데없이 번민하나 선생은 내게 대하여 절망할는지 몰라…….'

4

그것은 수일 후 오후이었다.

"선생님!"

현숙은 짐짝을 정리하면서,

"저는 끊임없이 희망을 향하여 열심히 걸어가고 있어요. 그러니까 여기서 나가버리더라도 걱정 마셔요. 꼭 수일 내로 축하받을 일이 있으리라고 생각해요."

현숙은 이후에 주소를 알려주마 하고 슬쩍 이사를 해버렸다.

예상한 일이지마는 L은 정말 실망하였다. 노시인은 술만 먹고 들락날락하여 필경 L의 모델로서는 실패하였다.

매일 현숙의 편지를 기다리고 있는 L에게 주소 성명을 쓰지 아니한 두둑한 편지 한 장이 왔다. 뜯어본즉 두 개 봉투가 있다. 한 장은 L의 성명이 써 있고 한 장은 아무 것도 써 있지 않고 지참인 L군이라고 써 있다.

L은 우선 자기에게 온 것을 뜯어 본즉, "현숙에 대한 일로 꼭 한 번 대형大兄과 만나고 싶소. 현숙은 형이라면 열정적이오. 명일 오후 3시에 표기처表記處로 동봉 편지를 가지고……"라고 썼다.

L은 웬 셈인지 몰랐다. 그러나 물론 이 편지 중에는 현숙의 최근 사정이 숨어 있는 것을 짐작하는 동시에 어쩔 줄을 몰라 익일 오후 3시 전에 지정소로 갔다.

그곳에 가보니 미구에 문이 열렸다. 모르는 남자라고 생각하고 있을 때 앞에 딱 서는 자는 현숙이었다. 아! 깜짝 놀라 양인은 서로 쳐다보고 섰다.

"아? 당신이었소? 누가 여기를 가르쳐 줍디까? 내가 알리지도 아니하였는데, 당신이 여기 오니 웬일이오?"

현숙은 불쾌한 기분으로 말하였다. L은 주소 성명 없는 편지로 인하여 왔다고 변명하려고 한 걸음 나설 때에 현숙은 불현듯 문을 닫아버렸다. 그리하여 L은 급하게 그 이상스러운 편지를 현숙의 앞에 던졌다.

문은 닫혔다. 3, 4분간 문 앞에 멀거니 섰다. 불의에 현숙을 이곳에서 만난 것, 현숙이 대단히 노한 것, 웬 셈인지 몰랐다……. 대체 이게 웬일일까…… 현숙은 무슨 오해를 하는 모양, 그렇지 않으면 너무 우정을 무시하는 걸……. 한 번 더 문을 두드려 보고 비난을 해 보려고 하였으나 그는 힘없이 돌아가려고 들떠섰다. 그럴 때 뒤에서

"기다리셔요! L씨." 부른다.

L은 뒤를 돌아보지 않았다. 쫓아온 현숙은 L의 손을 붙잡고 방으로 들어갔다.

"여보셔요. L씨, 나는 꼭 세시에 만나자는 사람이 있어서 당신과 이야기할 시간이 없었어요. 그랬더니 알고 보니 그 사람이 당신을 대신 보낸 것이에요. 자 어서 들어오십쇼. 내가 이야기할 것이 많아요."

그리하여 L은 현숙에게 재촉을 받으며 들어섰다. 단칸방에 세간이 놓여 있는 까닭인지 매우 좁아 보였다. 남창에 비치는 여름 기분이 찼다. 현숙은 붉은 저고리에 깜장 치마를 입고 앉아 L을 옆으로 오라고 하였다. 그 옆에는 등藤의자가 놓여 있었다.

"여기는 내 침실 겸 서재이에요, 어때요. 조용하고 좋지요? …… 아무라도 이 방에 부르는 것은 아니에요."

L은 전등을 켜면서 한 번 실내를 휘 둘러보았다. 노시인의 옆방과 달라 여기는 밝고 정하였다. 보기좋은 경대가 하나 놓여

있어 거울이 가재家財처럼 비치고 있고 대소의 화장병이 정돈하여 있다. L은 어쩐지 이것을 볼 때 기분이 좋지 못하였다.

"여보셔요. 내가 이 편지를 보고 알았어요. 나는 당신이 간 줄 알고 뛰어나갔어요. 참 잘되었어, 당신이 대신 와서. 이 편지가 당신에게 갔었대지? 이 사람은 벌써 나하고 절교한 사람이에요. 이 편지를 좀 읽어 보아요 네?"

현숙은 L이 던져준 편지를 그에게 억지로 보였다. 3, 4매의 편지는 꾸겨졌다. 현숙이 불끈 쥐어 꾸긴 것 같았다.

나의 현숙 씨!

나는 별안간 영남 지방을 가지 않으면 아니되게 됐어요. 때때로 상경하지요. 그러나 지금까지 두 사람 사이에 지내던 재미스러운 것은 못하게 되었소. 더구나 명일 오후 3시에도 가지 못하게 되어 섭섭해요.

그러나 나는 생각하였어요. 현숙 씨의 좋아하는 청년, 사랑하는 청년 L을 생각했습니다. 당신은 L을 사랑하면서 당신은 당신의 현재 생활에서 그와 접근하는 것을 피하고 있소. 그리하여 나는 현숙 씨와 L군 사이를 가까이 해 놓으려고 생각했어요.

현숙 씨!

이만한 권리는 당연히 L에게 있지 않소. L은 당신을 일로부터 영원히 소유할 수 있는 이것이 L의 기득권이에요. 이 기득권을 실행하려는 것이에요. 분명히 현숙 씨는 손뼉을 치며 L의 권리를 기뻐해 줄 것이오. 당신도 사람일 것 같으면 이것이 마음에 맞으리라고 상상하고 마음으로부터 미소를 띄우게 되었소.

현숙 씨! 이 편지는 그 의미로 내가 가지고 온 것이오. 나는 지금 두 사람을 위하여 만강滿腔의 축복을 다하오. 브라보! 브라보!

현숙은 창 앞에서 편지를 읽는 L의 옆에 섰었다. 그 점화點火한 강한 눈은 문자를 통하여 있는 L의 눈을 멀거니 기대하고 있다. L의 검고 신선한 눈이 일기 경사면一氣傾斜面을 쏘이는 쾌적한 순간을 생각키어 현숙에게 쇄도하였다.

두 사람은 포옹하였다. 벌써 전부터 계기가 예약한 것 같이.

"네? 언제 내가 말한 회계의 입구가 이렇게 속히 우리 두 사람을 행복하게 해 줄 줄은 상상도 못했어요. 우리 둘의 감정은 벌써 충분히 준비되었던 것인데! 그러니까 우리는 지금이야말로 어떻게 감정 과다라도 관계치 않아요. L씨, 나는 인제 L씨라고 부르지 않겠어요. 그 대신 브라보를 불러드리지요. 브라보

브라보!"

그런데 L의 인후咽喉에는 무슨 큰 뭉텅이가 걸려 있었다. 지금까지 알 수 없는 환희였다. 그는 지금 그것을 삼켜버릴 수밖에 없다.

"그리고 당신은 오후 3시에 여기 와주셔요! 언제든지 열쇠는 주인집에 맡겨둘 터이니. 우리 둘이 여기서 살 수는 없어요. 당신은 잘 노선생을 위로해 드리세요. 네? 우리가 이렇게 된 것을 당분간 선생에게는 이야기 아니하는 것이 좋아요. 우리 둘은 반 년간 비밀 관계를 가져요. 반 년 후 신계약에 대해서는 다시 생각할 필요가 있어요. 그것은 우선 우리가 미리 준비할 필요가 있어요."

"그렇게 말하면 우습지."

L은 쓸쓸한 환희에 떨며 미소하였다.

"그런 일은 물론 미리 준비할 필요가 없어요."

현숙은 두 팔을 벌려 뜨거운 손을 L에게 향하여 용감히 내밀었다.

1908. 5. 19.

백
신
애

1939. 6. 25.

1934

적빈

七

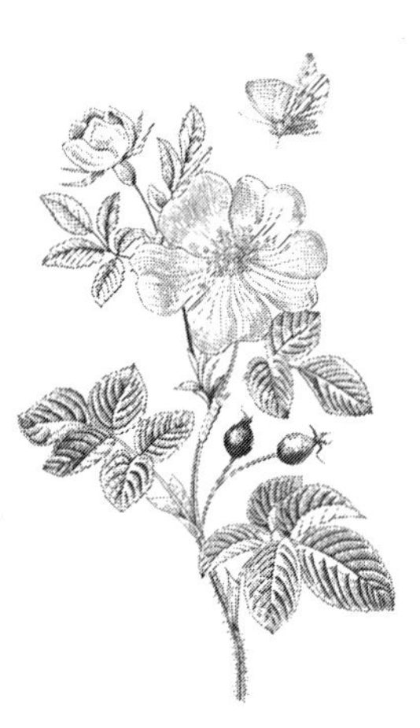

●

그의 둘째 아들이 매촌이란 산골로 장가를 간 후로는 그를 부를 때 누구든지 '매촌댁 늙은이'라고 부른다. '늙은이'라는 꼭지에다가 '매촌댁'이라고 특히, '댁' 즉 바르게 발음한다면 댁 자를 붙여 부르는 것은 은진 송씨로서 송우암 선생의 후예라고 그 동네에서 제법 양반 행세처럼 해오던 집안이 늙은이의 친정으로 척당이 됨으로써의 부득이한 존칭이다.

그러나 지금에 와서는 존칭으로 '댁' 자를 붙여 준다고는 아무도 생각지 않는다.

모두들 '매촌댁 늙은이' 하면 으레 더럽고 불쌍하고 얄미운 거러지보다 더 가난한 늙은이다. 하는 멸시의 대명사로 여기는 것이었으므로 요즘 와서 간혹 '매촌네 늙은이'라고 '댁' 자를 '네'

자로 툭 떨어트려 부르는 사람도 있어졌으나 늙은이 역시 으레 자기는 거러지보다도 못한 사람이거니…… 하여 부르는 편이나 불리는 편이 피차 부자연함을 느끼지 않게 되었다.

그래도 몇 해 전까지는 이렇게 순순히 '매촌네 늙은이'라고 '네' 자로 불릴 그가 아니었다. 대수롭지 않은 말에도 행여나 자기의 근본이 멸시를 당하는 것이 아닌가 하여 곧잘 성을 내어 대드는 것이었다.

그 어느 때만 하더라도 동네 면장의 아들놈이 온갖 잡말을 하던 끝이기는 하나 무슨 실없는 생각이 났는지 심심풀이로서인지 갑자기

"늙은이 이름이 뭔가요?"

하는 뚱딴지같은 말을 물었다. 그랬더니 늙은이는 잠깐 새침하여 보인 후 진작

"히행, 늙은이가 이름이 있나."

하고 웃는 얼굴에 위엄을 내듯 눈을 내리감았다.

"왜 없어, 왜 없어. 똥덕이었소, 개똥이었소?"

면장 아들은 그까짓 늙은이의 위엄쯤은 예사라는 듯이 지긋지긋하게도 파고 물었다.

늙은이는 젊은 놈이 늙은이의 이름을 묻는 것이 당돌하고 버릇없을 뿐 아니라 제 할머니는 옛날 술장사를 하지 않았던가 하

는 생각이 나며 아주 뾰쭉 분이 치받쳐 올랐다. 그래서 당장에

"나도 다 예전에는 귀히 자란 사람이라나. 우리 할아버지만 해도 술집 같은 데는 일평생 발 들여놓는 법이 없었고, 또 글이 문장이시라 우리 딸네들의 이름 하나 지으실 때도 다 육갑을 짚어서 유식하게 지었더라오. 내 이름도 귀남이었지."

하고 너희 할머니는 술장수였다는 것과 자기 할아버지의 당당하였음을 꼭 찝어 은근히 훌륭한 자기 근본을 암시하는 한편, 사람을 낮잡아 보지 말라는 듯이 잔뜩 성을 내어 그 집을 쑥 나오고 말았다.

이러한 노염은 그리 오래된 일은 아니나 지금 생각하면 다 철없는 듯 우스운 생각이 든다.

"돈 없고 가난하면 지금 세상은 이런 것."

이라는 것만은 똑똑히 알고 있는 터이었다.

그리고 또 아무리 가난하고 불쌍한 처지라고 하더라도 늙은이가 아들이나 좀 분명한 것이 하나쯤만 있었으면 이처럼 남에게 서러운 대우는 받지 않을 것이건마는 단지 둘밖에 없는 아들이 모두 말이 아닌 처지였다.

그의 맏아들은 오래전에 죽어 버린 늙은이의 남편과 마찬가지로 '돼지'라는 별명을 듣는 심술 사나운 멍청이로서 모든 일에는 돼지같이 둔하고 욕심 굳고 철딱서니 없고 소견 없는 멍짜

이면서 술 먹고 담배 피우는 데는 그야말로 참 일당백이었다.

그래서 남의 집에서 품팔이라도 하면 돈이 손에 들어오기 바쁘게 술집으로 달려가는 터이므로 몸에 입은 옷이라고는 자칫하면 숨겨야 될 물건까지 벌름 내다보일 지경이었다.

그리고 그 동생이 스물여덟에 남의 집 고용살이로 모은 몇 냥 돈으로 매촌에 장가를 들고 얼마 남은 것으로 돼지에게도 장가를 들게 해 주려고 했으나 어디 멀쩡히 두 눈 가진 사람이 그에게 딸을 내줄 리가 없어 그대로 홀아비로 지내왔었다. 그랬더니 정말 천생연분이란 것이 반드시 있는 법인지 이 돼지에게 장가오라는 사람이 꼭 하나 있었다. 색시가 과부라든가 쫓겨 온 퇴물이라거나. 인물이 코찡찡이 곰보딱지의 박색이라거나, 팔다리가 뚝 끊어졌든지 절름발이든지 한 병신도 아닌 아주 이목구비와 사지구공이 분명히 생겼을 뿐 아니라 뚜렷한 숫처녀이다. 이만한 색시라면 돼지에게야 천복이 내린 셈이지마는 당자인 돼지로서는

“히히…… 젠장 아무리 생길 거야 다 갖추어 있는 색시라고는 하지마는 히히…… 젠장.”

하고 기쁜 중에도 불만이 단단히 있는 듯하였다.

그 불만인 점이 무엇인가, 돼지 따위가 하고 파고 알아보면 그 색시는 과연 한 가지 흠이 있었다.

"귓구멍은 있어도 듣지 못하는 철벽이요, 목구멍도 뚫려는 있으나 아주 벙어리니까 사지구공이 뚜렷이 있기는 하나 실상은 사지칠공밖에 되지 않으니까."

하는 것이 흠이라는 것이다.

그러나 좌우간 돼지는 장가를 들게 되어 얼마 동안은 싱글싱글 좋아하였다.

늙은이도 아들 둘을 다 장가를 보냈으니 이제는 걱정할 것이 없다 얼마간은 숨을 내쉬었지마는 차차 살며 보니 실상은 걱정이 더 불었다. 돼지는 삼백예순 날 빠지지 않고 술만 찾아다니고 벙어리는 또 경 치게도 위장이 좋은 모양인지 밤낮 배만 고프다고 끙끙했다.

그리고 또 둘째 아들만 하더라도 남의 집에 고용살이로 있을 때는 그의 아내와 늙은이는 날만 새면 남의 집으로 돌아다니며 일해 주고 밥 얻어먹고 무명베 짜는 집에 가서는 베 매어주고 옷감 얻고 하여 고용살이에서 남긴 돈은 그대로 소롯이 모아두게 되었었다. 모아둔다 치더라도 그까짓 일 년에 십 원 내외에 불과한 돈이지마는 늙은이는 천 냥 만 냥같이 귀중히 여기고 든든하였다.

'어서 몇 십 원 모이면 논이나 밭을 대지垈地로 얻어서 제 농사를 지어보리라.'

하는 희망에 즐거워하며 남의 집에 가서 뼈가 녹게 일해 주고 천대 받고 업신여김을 받아도 사는 재미가 있었다.

그러던 것이 이럭저럭 육십 원이나 모이게 되어 아주 큰마음을 먹고 십오 원을 툭 잘라 다 허물어져 가는 흙담집이나마 제 집이란 것을 가져보려고 집을 샀다. 나머지 돈으로는 대지를 하려고 동네 앞에 있는 김 생원 네 논 세 마지기를 흥정하려고 하는 즈음에 어느 하룻밤에 꿈같이 홀카닥 날려 보내고 말았다.

본래 중심이 굳지 못한데다가 돈 냄새를 맡고 둘러싼 동네 알부랑* 노름꾼에게 속아 넘어 제 형 돼지를 닮아서 턱없이 욕심을 부리다가 단번에 날려 보내버렸으니 아무리 곤두박질을 한들 막무가내라는 것이었다.

생각하면 기가 막혀 죽을 일이다. 십오 원짜리 집이라도 남의 집 고루거각**같이 여기고 좋아서 까불다가 발목까지 감으러친*** 늙은이요, 몇 년 동안이나 달디 단 아름다운 꿈이었던 제 농사지어 보려던 그 꿈이 이처럼 허무하게 깨어지고 말다니…….

옛적부터 기쁜 일이란 오래 계속되지 않는 법이라고는 하지마는 이렇게 맹랑한 일이 또 어디 있으리라고 늙은이와 매촌이

---

* 알부랑: 알부랑자. 아주 못된 부랑자.

** 고루거각高樓巨閣: 높고 크게 지은 집.

*** 감으러치다: 손이나 발목을 삐다. 지금은 '가물치다'로 표현한다.

부부는 밤낮 이를 갈고 애꿎은 담뱃대만 두들겨 분질러도 한번 낚기운 그 돈이야 돌아올 리가 만무하여 늙은이는 목을 놓고 울었다.

매촌이는 화를 참지 못하여 그길로 바람이 들어 이제는 동네 알부랑 노름꾼의 한 사람이 되고 말았다.

이리하여 늙은이는 두 아들이 다 말 못되게 되어 일 년 열두 달 남의 집으로 돌아다니며 일을 거들어 주고 밥 얻어먹고 하는 신세가 되었고, '매촌댁 늙은이'가 '매촌네 늙은이'로 떨어지게 된 것이다.

그러므로 일 년 열두 달 늙은이는 남의 솥에 익혀 낸 밥만 얻어먹고 사는 터이라 비록 일해 주고 공으로 얻어먹는 것은 아니라 할지라도 남들은 공으로 먹이는 것같이 천대하는 것이었다.

돼지도 이미 심 채릴* 나이가 된지 오래건마는 한결 한시로 술 한 잔이면 제 목이라도 베어줄 작자라 남의 일도 죽도록 해 주고 삯전은 받지 않고 술만 얻어먹고 돌아오고, 벙어리는 또 저대로 밥이나 얻어먹고 말뿐이므로 그들은 남의 집에 일 거들 것이 없는 판에는 곱다시 굶는 수밖에 없었다.

이러한 중에 돼지에게는 또 한 가지 불행이 생겼다. 그것도

* 심 채릴: 힘을 차릴. 정신을 차릴.

결국은 술 까닭이다.

어느 날 술 생각이 간절한 돼지가 제 따위에 한 계책을 생각해내어 집에 가서 '술 한 잔만 주면 나무 한 짐 갖다 주겠다.'는 약속으로 먼저 술 한 잔을 얻어 마시고는 가져다 줄 나무는 본래 없는 터이라, 나무 베기를 엄금하는 사방공사 해 놓은 산에 가서 남모르게 한 짐 잔뜩 베어 지고 내려오다가 공사감독에게 들켜 나뭇짐은 나뭇짐대로 다 빼앗기고 죽도록 얻어맞고 난 후, 구류 사는 대신 그 동네에서 쫓겨나게 되었다.

그래서 돼지는 하는 수 없이 동네에서 한껏 떨어진 들 마을에 가서 남의 집 곁방살이로 들어갔다.

방세는 내지 않더라도 그 집의 바쁜 일은 거들어 주겠다는 약속이었다.

그러나 당장에 입에 넣을 것이 없었으므로 벙어리를 두들기며 밥 얻어 오라고 하는 것이었으나, 벙어리는 이미 아이를 배어 당삭이 된 커다란 배를 가리키며 서럽다고

"끙."

하며 우는 것이었다. 그래도 돼지는 어떻게든지 해서 양식을 얻어 올 궁리는 하지 않고 벙어리를 조르다가 지치면 늙은이가 무엇이나 가져오지 않나, 하는 턱없는 꿈을 꾸며 뒹굴뒹굴 구르기만 하는 것이었다. 이따금 담배 생각이 나면 호박 잎사귀

마른 것을 대에다 넣어가지고 쥐새끼 소리를 내며 빨아대고 벙어리는 태아가 꿈틀거릴 때마다 몸서리를 치며 무서워했다.

"빌어먹을 년, 겁은 왜 내어……."

하고 돼지는 벼락같이 소리를 지르나 알아듣지도 못하고 더 한층 배를 쥐어지르며 끙끙대는데 하루 한 끼도 못 먹는 터이라 눈깔들은 모두 얼음판에 넘어진 쇠 눈깔같이 퀭하니 험악하였다.

어느 날 밤에 늙은이는 큰 호랑이 두 마리가 꿈에 보이더라고 하며 이튿날 아침에 매촌 아내를 보고 꿈 이야기를 한 후

"아마도 너희 둘이 모두 아들을 낳을 게다."

하며 신기하다는 듯이 며느리 배를 바라보는 것이었다. 매촌이 아내도 벙어리와 함께 당삭이었던 것이다.

"한꺼번에 둘이 다 해산을 하면 이 일을 어쩔까. 작은며느리는 그래도 해산 후에 먹을 것이나 준비해 두었지마는 벙어리는 어떻게……."

늙은이는 혼자 중얼거리며 연방 체머리를 쩔레쩔레 흔드는 것이었다.* 작은며느리는 해산 후에 먹는다고 쌀 두 되, 보리쌀 석 되를 준비해 두었거니와 벙어리는 지금 당장에 굶고 있는 판

* 체머리를 흔들다: 어떤 일에 질려서 머리가 흔들리도록 싫증이 나다.

이니 여간 기막힐 일이 아니다.

늙은이는 혼자 생각다 못하여 노란 것, 흰 것, 검은 것이 한데 섞인 몇 카락 안 되는 머리를 손가락으로 쓰다듬어 꽁쳐 찌르고 누덕누덕 걸어 맨 적삼에다 걸레 같은 몽당치마를 입고 빨리 집을 나섰다. 그는 그길로 바로 단골로 다니며 일해 주던 집들을 돌아다니며 사정 이야기를 하고 얼마라도 꿔 주면 그만치 두고두고 일은 해 주리라고 애원을 해 보아도 한 집도 시원하게 대답해 주지 않았다.

"늙은이는 그런 것들을 자식이라고 걱정을 해? 제 입 추신도 못 하면서 자식 만들 줄은 어떻게 알아."

하고 모두들 비웃고 핀잔주고 놀려주고 할 뿐이라 늙은이는 이지러지고 뿌리만 남은 몇 개 안 되는 이빨을 드러내며

"히에."

하고 고양이같이 웃어 보이는 수밖에 없었다. 웃으면 곪아 비틀어진 우벙* 뿌리 같은 그 얼굴에 누비질 한 것 같이 잘게 깊게 잡힌 주름살이 피어지며 온 얼굴이 한 줄로 밭골 지은 것 같아 보였다.

"그러기에 말이지요. 자식이 몹쓸어서⋯⋯ 그래도 벙어리가

---

* 우벙: 우엉.

불쌍해요."

하고는 다시 한 번

"히에."

웃어 보이고는 돌아서 나오곤 하였다.

그래도 그는 행여나 하는 생각으로 또 한 집을 들렀다. 그는 남들의 천대함을 슬퍼할 줄 몰랐고 낙심할 줄도 몰랐었다.

"아이고 불쌍해. 아이는 하필 저런 데 가서 태이*거든……."

하며 그 집 주인은 쉽사리 늙은이 청을 들어주었다. 쌀 한 되, 보리쌀 두 되, 명태 두 마리, 미역 한 쪽을 두말없이 내주는 것이었다.

밥 한 그릇에 온 정신이 녹도록 고맙게 생각하는 늙은이라 이렇게 과분한 적선에는 도리어 고마운 줄 몰랐다. 그의 고마움을 느끼는 신경은 너무나 한도가 적었던 까닭이다. 그의 신경은 모조리 감격에 차고 이 많은 것을 주는 데 대한 감사를 일일이 다 느끼기에는 그의 신경이 모자랐다.

늙은이는 무표정한 얼빠진 듯한 얼굴로 체머리만 바쁘게 쩔레쩔레 흔들며 연방 콧물을 잡아 뜯듯이 닦았다. 그는 아무 고맙다는 인사도 하지 않고 여러 가지를 바구니 속에 넣어가지고

* 태이다: 배태하다. 아기가 생기다.

머리에 이었다.

그 집을 나와 한참 돼지 있는 마을을 향하여 걸어가다가 그는 힐끔 한번 뒤를 돌아본 후 얼른 바구니에서 명태 두 마리를 끄집어내어 가슴속에 숨겼다.

'벙어리야 주지 않아도 상관있나, 작은며느리를 줘야지.'

그는 명태는 작은며느리를 주려는 것이었다.

늙은이가 돼지 있는 방문 앞에 당도하여 품속에 감춘 명태를 한 번 더 저고리 앞섶으로 끌어 덮은 후 방문을 덜컥 열어젖히니 방 안에서는 더운 김과 퀴퀴한 냄새가 물씬 솟았다. 방 안에 혼자 누웠던 돼지가 부스스 일어나며

"그것, 뭐야."

하며 힐끔 눈깔을 추켜올려 쳐다보는 것이었다.

그 모양이 흡사 돼지 같아서 늙은이는 속으로 쓴웃음을 쳤다. 방 안 모양도 돼지우리 같거니와 그의 느린 동작과 시뻘건 두 눈으로 흘겨보는 상이 아무리 보아도 돼지다. 다만 한 가지 참 돼지답지 않은 것은 살이 툭툭이 찌지 않은 것이라고 할까…….

늙은이는 지긋지긋하게도 망나니인 두 아들을 원망이나 미워하는 것도 이제는 면역이 되어 그대로 잠자코 방 안으로 들어갔다.

"아이고 배고파라."

입 가장자리에 보얗게 침이 타 붙은 것을 손등으로 슬쩍 닦으며 배고파 못 견디겠다는 듯이 재차 묻는 것이었다.

“무엇이야, 아무것도 아니지. 대체 해산을 하면 뭣을 먹이려고 이러고만 있어.”

늙은이는 목에 말라붙은 것 같은 작은 소리로 노하지도 않고 말하였다.

“일하러 갈래두 배고파서…….”

“그런다고 누웠으면 하늘에서 밥이 떨어지나? 젊은것은 어데 갔노?”

“뒷산에 나물 캐러…….”

늙은이는 네 손가락으로 득득 뒤통수를 긁으며 휘 한번 돌아본 후 벌떡 일어섰다.

“이것은 해산하면 먹일 약이다. 손도 대지 말어.”

하고는 가지고 온 바구니를 윗목에 밀쳐놓고 밖에 나와 짚을 한 줌 쥐어다가 그 위를 눌러 덮었다.

“정말 약이다. 아이를 낳으면 먹일 약이다.”

늙은이는 행여 돼지가 먹을까 봐서 열 번, 스무 번 약이라고 속이며 당부하였다.

“음 그래, 알았어, 알아.”

돼지는 온 몸뚱이의 껍질만 남겨두고 모든 정신이 그 바구니

속으로 쏠려 늙은이의 말은 지나가는 바람 소리로만 여기며 어서 늙은이가 돌아가기만 조바심을 내며 기다렸다. 늙은이 역시 돼지의 속판을 잘 아는 터이라 아무리 당부해도 그 말을 지킬 돼지가 아닌 것도 잘 알았지마는 그래도 좀 아껴 먹도록 하라는 뜻으로 하는 당부였다. 그러나 아무리 소견 없는 축신이 같은 돼지라 하더라도 이미 사십에 가까운 사내에게 양식을 약이라고 말하는 자기가 서글프기도 하였거니와 그들에게 있어서는 양식이라는 것은 생명줄을 이어주는 귀하고 중한 약이 아니고 무엇이냐.

밥을 약과 같이 먹어야 하는 너희들이 아니냐 하는 생각도 났으므로 늙은이는 참을 수 없어 그 방을 나서고 말았다.

집으로 돌아오는 길에서 벙어리와 마주칠까 해서 명태는 품에 숨긴 채 빨리 돌아왔다. 작은며느리는 일하러 가고 집에 없었으므로 부엌 한옆에 구덩이를 파고 넣어둔 쌀 항아리 뚜껑을 열고 명태는 쌀 속에 파묻어 두었다. 그리고는 자기도 어디 가서 일을 거들어주고 점심을 때우리라고 집을 나섰다. 그는 그길로 면장의 집으로 갔다.

"늙은이, 어서 오소. 이 애 좀 보아요."

하며 면장 마누라는 세 살 먹은 계집애를 안고 마루에서 어쩔 줄 몰라 하는 판이었다.

"왜? 좀 봅시다. 내야 알겠나마는."

늙은이는 얼른 마루로 올라가 익숙한 솜씨로 어린애의 이마와 가슴을 만져 보았다.

"지금까지 뜰에서 놀던 것이 갑자기 이 모양이구려."

어린아이는 눈을 뒤집어쓰고 기를 썼다.

"별일 없어요."

늙은이는 아이를 받아 안고 오물어진 입술을 더 오물여가지고 가만가만 가슴과 배를 쓰다듬듯 만졌다.

평생에 하도 많이 남의 집에를 돌아다닌 늙은이라 남 앓는 것도 많이 보고, 고치는 것도 많이 보고 듣고 해온 터이라 지금 와서는 웬만한 서투른 의원보다 아는 것이 많아 체증도 내려 주고 객귀도 물려 주고 조약도 가르쳐 주고 하여 동네에서는 앓는 사람이 있으면 약방의 감초같이 반드시 불려가는 것이었다. 그러므로 면장 마누라는 안심하고 아이를 맡기는 터이다.

이윽고 아이는 한바탕 토하고 나더니 한참 만에 잠이 들었다. 늙은이는 후 한숨을 내쉬고 툇마루로 나와 앉으며

"한숨 푹 자고 나거든 밥일랑 먹이지 말고 뜨끈한 숭늉이나 떠먹이고 재우면 별일 없을 거요."

하였다. 마누라는 안심한 듯이 늙은이에게 줄 밥과 반찬을 찾아서 툇마루에 늘어놓았다.

김치 찌꺼기와 간청어 꼬리와 장찌개 먹던 것과 보리 섞인 밥 한 그릇을 늙은이는 씹지도 않고 묵턱묵턱 삼키기 시작했다.

"에구 늙은이, 천천히 좀 먹어요."

마누라는 늙은이의 밥 먹는 모양을 바라보다가 주의를 시키는 것이었다.

"히엥!"

늙은이는 애교 있는 웃음을 웃고 간청어 꽁지를 통째로 묵턱 베어 우물우물하더니 입이 움쑥하며 꿀꺽 소리를 내고 삼켜 버렸다.

"에구머니, 뼉다구도 씹지 않고 막 먹네."

"히엥, 걱정 마소."

늙은이는 거의 버릇같이 된 '히엥' 하는 고양이 웃음을 한 번 웃고 나서 연방 주먹만큼 한 밥숟갈이 오르내렸다.

'저 늙은이의 창자는 무쇠로 된 거야.'

마누라는 자기도 침을 삼키며 찬장에서 김치 찌꺼기를 더 내주었다. 늙은이는 지금까지 먹으라고 주는 것을 사양이라곤 해본 적이 없는 터이라 김치 중발을 넙적 받아 국물부터 후루룩 삼켜 보는 것이었다. 그의 몸뚱이는 곯아 비틀어졌어도 오직 그의 창자만은 무쇠같이 억세고 튼튼하여 지금까지 배앓이란 것을 해 본 적이 없었다.

이날은 이 집에서 이것저것 치워도 주고 앓는 아이의 수종도 들고 하여 저녁까지 잘 얻어먹고 돌아오려 할 때 마누라는 수고하였다고 치맛자락에 보리쌀 두어 되를 부어 주었다.

"에구 이것은 왜……."

하며 너무 과분하다는 듯이 한번 마누라를 건너다 본 후 얼른 치맛자락에 싸인 보리쌀을 가슴에 부둥켜안고 집으로 돌아왔다. 그는 그 보리쌀을 헌 누더기에다 싸가지고 며느리 모르게 부엌 옆 나뭇단 속에 감추어두었다. 벙어리 양식이 없어지면 가져다주려고.

그런 지 며칠이 지났다.

이날도 남의 집에 가서 방아를 찧어주는데 벙어리가 해산 기미가 있다고 돼지가 헐레벌떡 쫓아왔다. 늙은이는 그래도 찧던 방아를 다 찧어주고 점심을 얻어먹은 후 돼지 사는 동네로 달려갔다.

방문을 덜컥 열어젖히니 벙어리는 죽는다고 머리를 방구석에 틀어박고 끙끙거리며 손으로 벽을 쥐어뜯고 있었다. 돼지는 조급한 듯이 연기도 나지 않는 담뱃대만 쭉쭉 빨며 쥐새끼 소리를 내고 앉아 있었다.

"언제부터 저러나?"

늙은이는 방에 들어앉으며 아들에게 물었다.

"몰라. 어제 저녁부터 물 한 모금 안 먹어."

돼지는 혀를 찼다. 늙은이는 벙어리의 고통을 잘 알았다. 아무것도 먹지 못해 기운이 진하여 속히 어린아이를 낳지 못하는 것임을 잘 알았다.

"접때 가져다 준 약은 다 먹었니?"

하고 돼지를 노려보았다.

"뭐? 아 그것? 다 먹었지."

"무엇이 어째?"

늙은이는 기가 막혔다. 그까짓 쌀 한 되, 보리쌀 두 되를 먹는다니 입에 붙일 것이나 있으랴마는 미역까지 다 먹어버렸다는 말에 와락 속이 상했다.

"빌어먹을 인간."

기운이 진하여 간삼*을 주지 못하는 벙어리를 앞에 놓고 늙은이 가슴은 어리둥절하였다. 그는 생각다 못하여 얼른 밖으로 나와 물 한 바가지를 솥에 붓고 장 찌꺼기를 조금 부어 김이 나게 끓여서 한 그릇 들고 들어왔다.

벙어리는 팔을 휘저으며 두 눈이 발칵 뒤집혀져서 그 물을 벌떡벌떡 마시고 난 후

* 간삼: 안간힘.

"아버바…… 어버버……."

하고 곤두박질을 쳤다. 늙은이는 재치 있게 벙어리 배를 누르며 연방 들여다보며 하는 사이에 철퍼덕 하는 소리와 함께

"으아."

하며 새빨간 고깃덩어리가 방바닥에 내뿌리듯 떨어졌다.

"아이고, 아아이고."

늙은이는 두 손을 제비같이 놀렸다. 탯줄을 거머쥐고 얼른 입으로 가져갔으나 이미 뿌리만 남은 그의 이빨로는 어림도 없는 것을 알자 돼지가 달려들어 어금니로 썩둑 탯줄을 끊었다. 돼지는 벌겋게 핏물이 묻은 입술을 닦을 줄도 모르고 꼬물거리는 고깃덩어리를 신기하다는 듯이 내려다보고 있었다.

"이거 사내로구나."

이윽고 돼지는 얼굴을 밉상스럽게 기쁨을 숨기는 표정으로 슬그머니 중얼거렸다.

"오냐! 그래, 그래."

늙은이는 아주 체머리를 힘차게 흔들며 바쁘게 벙어리 단속을 한 후 무슨 영문인지 두 눈에 눈곱과 눈물을 짜리리하게 고여가지고 좌우를 두릿두릿 살펴본 후 얼른 몽당치마를 벗어 소중하다는 듯이 아기를 쌌다. 돼지는 그때 비로소 죽은 것같이 늘어진 벙어리를 만져 보았다가 담뱃대도 쥐어 보았다가 또 놓

아도 보고 뜻도 없는 말을 중얼거리기도 하며 제법 몸에 활기가 도는 듯하였다.

늙은이는 잠시 가만히 앉아 예순셋에 처음으로 보는 손자라 그런지 몹시 감격하여 눈을 쥐어지르듯 자꾸 눈물을 닦으며 또 한 번 아기의 다리 사이를 들여다보았다. 이 아기가 사내란 것이 자기에게 무엇이 그리도 기쁜 일인지…….

이윽고 태를 낳으니 그 많은 피와 태를 감당할 수 없어 떨어진 가마니 쪽에다 모조리 움켜 담아서 돼지를 시켜 뜰 한옆에 가서 태우게 하였다.

"이것에게 무엇을 먹이나."

늙은이는 자기 집 나뭇단 아래 숨겨둔 보리쌀을 간절히 생각하나 지금 그것을 가지러 가려고 몸을 빼서 나갈 수 없고, 돼지를 시키려니 작은며느리에게 들킬까 걱정이 되어 자기 팔이라도 베고 싶었다. 그럴 때 집주인 마누라가 이 모양을 알아채고 쌀 한 그릇을 주는 것이었다. 늙은이는 그것으로 밥을 지어 벙어리에게 크게 한 그릇 먹이고 남는 것은 바가지에 긁어 담았다.

"그년 아이를 낳고 아프지도 않나베. 밥이야 억세게도 처먹는다. 나도 배고파 죽겠다, 제길."

돼지는 태를 태우며 버럭 소리를 지르는 것이었다. 늙은이는

"빌어먹을 놈, 축신이같이."

하며 바가지의 밥을 털어서 돼지를 주고 자기는 손가락에 묻은 밥알만 뜯어먹었다.

이러는 중에 해는 저물었다. 늙은이는 남은 밥을 벙어리에게 먹여 놓고 차마 어린것을 싸 놓은 치마를 벗기지 못하여 떨어진 속옷 바람으로 어둡기를 기다려 자기 집으로 보리쌀을 가지러 가는 것이었다.

작은며느리가 알면

"보리쌀은 누구 것이요. 왜 숨겼다가 가져가오."

하고 마음을 상할까 하여 그는 쥐새끼처럼 소리끼 없이 가만가만히 자기 집으로 들어갔다. 매촌이는 또 노름방으로 갔는지 며느리 혼자서 가물거리는 호롱불을 켜고 옷끈을 풀어헤친 채 벼룩을 잡느라고 부스럭거리고 있었다. 늙은이는 자취끼 없이 부엌으로 들어가 나뭇단 아래 손을 넣어 살그머니 보리쌀 꾸러미를 끌어내었다. 진작 도로 나오려다가 잠깐 머뭇거린 후 재주 있는 '쓰리'*와 같은 손짓으로 쌀 항아리에 손을 넣었다. 전날에 쌀 속에 감추어 두었던 명태가 쌀 위에 쑥 빠져나와 있었다.

"이크, 며느리가 보았구나."

하는 생각이 들자 그는 손을 빼어 보리쌀 꾸러미만 안고 번개

* 쓰리: 소매치기.

같이 내달아 돼지에게 갖다 주었다.

"이것으로 죽을 쑤어서 너는 조금씩만 먹고 에미만 많이 먹여라."

하고 돼지에게 천만당부를 한 후 다시 뒤돌아 자기 집으로 오는 것이었다. 텅 빈 뱃가죽은 등에 가 붙고 입안과 목 안은 송진으로 붙인 듯 입맛을 다시려니 미여지는 것 같이 따가웠다.

'저까짓 보리쌀 두 되를 가지고 몇 날을 지탱할까…….'

하는 생각에 그의 두 다리는 가리가리 힘이 빠지고 돼지와 매촌이의 못난 것이 새삼스럽게 얄미웠다.

그래도 눈앞에는 오늘 낳은 아기의 두 다리 사이에 사나이란 또렷한 그 표적이 어릿어릿 나타났다 사라지고 하였다. 그는 이윽히 걸어가는 사이에 몹시 뒤가 마려워져 잠깐 발길을 멈추고 사방을 둘러본 후 속옷을 헤치려다가 무엇에 놀란 듯 다시 재빠르게 걷기 시작하였다.

'사람은 똥 힘으로 사는데…….'

하는 것을 생각해내었던 것이다. 이제 집으로 돌아간들 밥 한술 남겨두었을 리가 없으며 반드시 내일 아침까지 굶고 자야 할 처지이므로 지금 똥을 누어 버리면 당장에 앞으로 거꾸러지고 말 것 같았던 까닭이었다.

그는 흘러내리는 옷을 연방 움켜잡아 올리며 코끼리 껍질 같은 몸뚱이를 벌름거리는 그대로 뒤가 마려운 것을 무시하려고 입을 꼭 다문 채 아물거리는 어두운 길을 줄달음치는 것이었다.

≪개벽≫ 속간, 1934년

1910. 9. 23.

이
상

1937. 4. 17.

1936

날개

八

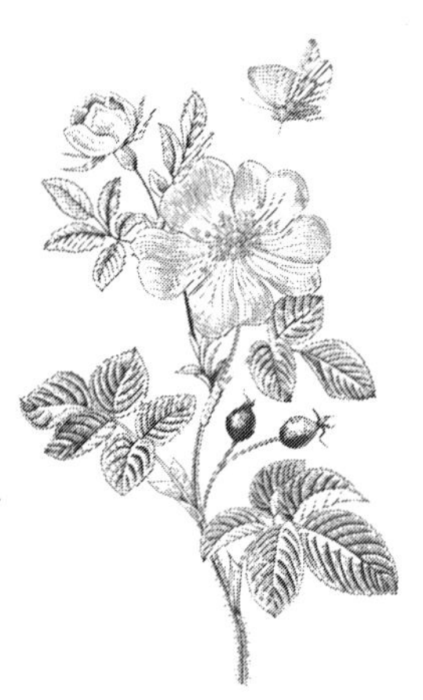

●

'박제剝製가 되어 버린 천재'를 아시오? 나는 유쾌하오. 이런 때 연애까지가 유쾌하오.

육신이 흐느적흐느적하도록 피로했을 때만 정신이 은화처럼 맑소. 니코틴이 내 횟배 앓는 뱃으로 스미면 머릿속에 으레 백지가 준비되는 법이오. 그 위에다 나는 위트와 파라독스를 바둑 포석처럼 늘어놓소. 가공할 상식의 병이오.

나는 또 여인과 생활을 설계하오. 연애기법에마저 서먹서먹해진 지성의 극치를 흘깃 좀 들여다 본 일이 있는, 말하자면 일종의 정신분일자(정신이 제멋대로 노는 사람)말이오. 이런 여인의 반 – 그것은 온갖 것의 반이오 – 만을 영수(받아들이는)하는 생활을 설계한다는 말이오. 그런 생활 속에 한 발만 들여놓고 흡사 두 개의 태양처럼 마주 쳐다보면서 낄낄거리는 것이오. 나는 아마 어지간히 인생의 제행諸行(일체의 행위)이 싱거워서 견딜 수가 없게끔 되고 그만둔 모양이오. 굿바이.

굿바이. 그대는 이따금 그대가 제일 싫어하는 음식을 탐식하는 아이러니를 실천해 보는 것도 좋을 것 같소. 위트와 파라독스와….

그대 자신을 위조하는 것도 할 만한 일이오. 그대의 작품은 한 번도 본 일이 없는 기성품에 의하여 차라리 경편輕便하고가뜬하여 쓰기에 손쉽고 편하고 고매하리다.

19세기는 될 수 있거든 봉쇄하여 버리오. 도스토예프스키 정신이란 자칫하면 낭비일 것 같소. 위고를 불란서의 빵 한 조각이라고는 누가 그랬는지 지언至言지당한 말인 듯싶소. 그러나 인생 혹은 그 모형에 있어서 '디테일' 때문에 속는다거나 해서야 되겠소?

화를 보지 마오. 부디 그대께 고하는 것이니….

"테이프가 끊어지면 피가 나오. 생채기도 머지않아 완치될 줄 믿소. 굿바이." 감정은 어떤 '포우즈'. 그 '포우즈'의 원소만을 지적하는 것이 아닌지 나도 모르겠소. 그 포우즈가 부동자세에까지 고도화할 때 감정은 딱 공급을 정지합네다.

나는 내 비범한 발육을 회고하여 세상을 보는 안목을 규정하였소.

여왕봉과 미망인… 세상의 하고 많은 여인이 본질적으로 이미 미망인이 아닌 이가 있으리까? 아니, 여인의 전부가 그 일상에 있어서 개개 '미망인'이라는 내 논리가 뜻밖에도 여성에 대한 모험이 되오? 굿바이.

그 33번지라는 것이 구조가 흡사 유곽이라는 느낌이 없지 않다.

한 번지에 18 가구가 죽 어깨를 맞대고 늘어서서 창호가 똑같고 아궁이 모양이 똑같다. 게다가 각 가구에 사는 사람들이 송이송이 꽃과 같이 젊다.

해가 들지 않는다. 해가 드는 것을 그들이 모른 체하는 까닭이다. 턱살밑에다 철줄을 매고 얼룩진 이부자리를 널어 말린다는 핑계로 미닫이에 해가 드는 것을 막아 버린다. 침침한 방안에서 낮잠들을 잔다. 그들은 밤에는 잠을 자지 않나? 알 수 없다. 나는 밤이나 낮이나 잠만 자느라고 그런 것을 알 길이 없다.

33번지 18 가구의 낮은 참 조용하다.

조용한 것은 낮뿐이다. 어둑어둑하면 그들은 이부자리를 걷어 들인다. 전등불이 켜진 뒤의 18 가구는 낮보다 훨씬 화려하다. 저물도록 미닫이 여닫는 소리가 잦다. 바빠진다. 여러 가지 냄새가 나기 시작한다. 비웃* 굽는 내, 탕고도오랑**내, 뜨물내, 비눗내.

그러나 이런 것들보다도 그들의 문패가 제일로 고개를 끄덕이게 하는 것이다.

이 18 가구를 대표하는 대문이라는 것이 일각이 져서 외따로 떨어지기는 했으나, 있다. 그러나 그것은 한 번도 닫힌 일이 없는, 한길이나 마찬가지 대문인 것이다. 온갖 장사치들은 하루 가운데 어느 시간에라도 이 대문을 통하여 드나들 수 있는 것이다. 이네들은 문간에서 두부를 사는 것이 아니라, 미닫이를 열고 방에서 두부를 사는 것이다. 이렇게 생긴 33번지 대문에 그들 18 가구의 문패를 몰아다 붙이는 것은 의미가 없다. 그들은 어느 사이엔가 각 미닫이 위 백인당이니 길상당이니 써 붙인 한 곁에다 문패를 붙이는 풍속을 가져 버렸다.

---

* 비웃: 식료품인 생선으로서의 청어.

** 탕고도오란: 식민지시대 때 많이 쓰던 화장품 이름. 오늘날의 파운데이션보다 빛깔이 더 짙은 것으로 고체.

내 방 미닫이 위 한 곁에 칼표 딱지를 넷에다 낸 것 만한 내… 아니! 내 아내의 명함이 붙어 있는 것도 이 풍속을 좇은 것이 아닐 수 없다.

나는 그러나 그들의 아무와도 놀지 않는다. 놀지 않을 뿐만 아니라 인사도 않는다. 나는 내 아내와 인사하는 외에 누구와도 인사하고 싶지 않았다. 내 아내 외의 다른 사람과 인사를 하거나 놀거나 하는 것은 내 아내 낯을 보아 좋지 않은 일인 것만 같이 생각이 되었기 때문이다. 나는 이만큼 까지 내 아내를 소중히 생각한 것이다. 내가 이렇게까지 내 아내를 소중히 생각한 까닭은 이 33번지 18 가구 속에서 내 아내가 내 아내의 명함처럼 제일 작고 제일 아름다운 것을 안 까닭이다. 18 가구에 각기 빌어 들은 송이송이 꽃들 가운데서도 내 아내가 특히 아름다운 한 떨기의 꽃으로 이 함석지붕 밑 볕 안 드는 지역에서 어디까지든지 찬란하였다. 따라서 그런 한 떨기 꽃을 지키고… 아니 그 꽃에 매어달려 사는 나라는 존재가 도무지 형언할 수 없는 거북살스러운 존재가 아닐 수 없었던 것은 물론이다.

나는 어디까지든지 내 방이 – 집이 아니다. 집은 없다. – 마음에 들었다. 방안의 기온은 내 체온을 위하여 쾌적하였고, 방

안의 침침한 정도가 또한 내 안력을 위하여 쾌적하였다. 나는 내 방 이상의 서늘한 방도 또 따뜻한 방도 희망하지 않았다. 이 이상으로 밝거나 이 이상으로 아늑한 방은 원하지 않았다. 내 방은 나 하나를 위하여 요만한 정도를 꾸준히 지키는 것 같아 늘 내 방에 감사하였고, 나는 또 이런 방을 위하여 이 세상에 태어난 것만 같아서 즐거웠다.

그러나 이것은 행복이라든가 불행이라든가 하는 것을 계산하는 것은 아니었다. 말하자면 나는 내가 행복되다고도 생각할 필요가 없었고, 그렇다고 불행하다고도 생각할 필요가 없었다. 그냥 그날을 그저 까닭 없이 펀둥펀둥 게으르고만 있으면 만사는 그만이었던 것이다.

내 몸과 마음에 옷처럼 잘 맞는 방 속에서 뒹굴면서, 축 처져 있는 것은 행복이니 불행이니 하는 그런 세속적인 계산을 떠난, 가장 편리하고 안일한 말하자면 절대적인 상태인 것이다. 나는 이런 상태가 좋았다.

이 절대적인 내 방은 대문간에서 세어서 똑 일곱째 칸이다. 럭키 세븐의 뜻이 없지 않다. 나는 이 일곱이라는 숫자를 훈장처럼 사랑하였다. 이런 이 방이 가운데 장지로 말미암아 두 칸으로 나뉘어 있었다는 그것이 내 운명의 상징이었던 것을 누가 알랴? 아랫방은 그래도 해가 든다. 아침결에 책보만한 해가 들었다가 오후에 손수건만 해지면서 나가 버린다. 해가 영영 들지 않는 윗방이 즉 내 방인 것은 말할 것도 없다. 이렇게 볕드는 방이 아내 방이요, 볕 안 드는 방이 내 방이요 하고 아내와 나 둘 중에 누가 정했는지 나는 기억하지 못한다.

그러나 나에게는 불평이 없다.

아내가 외출만 하면 나는 얼른 아랫방으로 와서 그 동쪽으로 난 들창을 열어 놓고 열어놓으면 들이비치는 햇살이 아내의 화장대를 비쳐 가지각색 병들이 아롱이 지면서 찬란하게 빛나고, 이렇게 빛나는 것을 보는 것은 다시없는 내 오락이다. 나는 조그만 돋보기를 꺼내가지고 아내만이 사용하는 지리가미를 꺼내가지고 그을려 가면서 불장난을 하고 논다. 평행광선을 굴절시켜서 한 촛점에 모아가지고 그 촛점이 따근따근해지다가, 마지막에는 종이를 그을리기 시작하고, 가느다란 연기를 내면서 드디어 구멍을 뚫어 놓는 데까지 이르는, 고 얼마 안 되는 동안의 초조한 맛이 죽고 싶을 만큼 내게는 재미있었다.

이 장난이 싫증이 나면 나는 또 아내의 손잡이 거울을 가지고 여러 가지로 논다. 거울이란 제 얼굴을 비칠 때만 실용품이다. 그 외의 경우에는 도무지 장난감인 것이다. 이 장난도 곧 싫증이 난다.

나의 유희심은 육체적인 데서 정신적인 데로 비약한다. 나는 거울을 내던지고 아내의 화장대 앞으로 가까이 가서 나란히 늘어 놓인 그 가지각색의 화장품 병들을 들여다본다. 고것들은 세상의 무엇보다도 매력적이다. 나는 그 중의 하나만을 골라서 가만히 마개를 빼고 병 구멍을 내 코에 가져다 대고 숨죽이듯이 가벼운 호흡을 하여 본다. 이국적인 센슈얼한 향기가 폐로 스며들면 나는 저절로 스르르 감기는 내 눈을 느낀다. 확실히 아내의 체취의 파편이다.

나는 도로 병마개를 막고 생각해 본다. 아내의 어느 부분에서 요 냄새가 났던가를… 그러나 그것은 분명하지 않다. 왜? 아내의 체취는 여기 늘어 섰는 가지각색 향기의 합계일 것이니까.

아내의 방은 늘 화려하였다. 내 방이 벽에 못 한 개 꽂히지 않은 소박한 것인 반대로, 아내 방에는 천장 밑으로 쫙 돌려 못이 박히고, 못마다 화려한 아내의 치마와 저고리가 걸렸다. 여러 가지 무늬가 보기 좋다. 나는 그 여러 조각의 치마에서 늘 아내의 동체와, 그 동체가 될 수 있는 여러 가지 포우즈를 연상하고 연상하면서 내 마음은 늘 점잖지 못하다.

그렇건만 나에게는 옷이 없었다. 아내는 내게 옷을 주지 않았다. 입고 있는 골덴 양복 한 벌이 내 자리옷이었고 통상복과 나들이옷을 겸한 것이었다. 그리고 하이넥의 스웨터가 한 조각

사철을 통한 내 내의다. 그것들은 하나같이 다 빛이 검다. 그것은 내 짐작 같아서는 즉 빨래를 될 수 있는 데까지 하지 않아도 보기 싫지 않게 하기 위한 것이 아닌가 한다. 나는 허리와 두 가랑이 세군데 다… 고무 밴드가 끼어 있는 부드러운 사루마다*를 입고 그리고 아무 소리 없이 잘 놀았다.

어느덧 손수건만 해졌던 볕이 나갔는데 아내는 외출에서 돌아오지 않는다. 나는 요만 일에도 좀 피곤하였고 또 아내가 돌아오기 전에 내 방으로 가 있어야 될 것을 생각하고 그만 내 방으로 건너간다. 내 방은 침침하다. 나는 이불을 뒤집어쓰고 낮잠을 잔다. 한 번도 걷은 일이 없는 내 이부자리는 내 몸뚱이의 일부분처럼 내게는 참 반갑다. 잠은 잘 오는 적도 있다. 그러나 또 전신이 까칫까칫하면서 영 잠이 오지 않는 적도 있다. 그런 때는 아무 제목으로나 제목을 하나 골라서 연구하였다. 나는 내 좀 축축한 이불속에서 참 여러 가지 발명도 하였고 논문도 많이 썼다. 시도 많이 지었다. 그러나 그것들은 내가 잠이 드는 것과 동시에 내 방에 담겨서 철철 넘치는 그 흐늑흐늑한 공기에다 비누처럼 풀어져서 온데간데없고, 한잠 자고 깨인 나는 속이

* 사루마다: 팬티보다 좀 긴 속옷의 일본말.

무명헝겊이나 메밀껍질로 띵띵 찬 한 덩어리 베개와도 같은 한 벌 신경이었을 뿐이고 뿐이고 하였다.

그러기에 나는 빈대가 무엇보다도 싫었다. 그러나 내 방에서는 겨울에도 몇 마리의 빈대가 끊이지 않고 나왔다. 내게 근심이 있었다면 오직 이 빈대를 미워하는 근심일 것이다. 나는 빈대에게 물려서 가려운 자리를 피가 나도록 긁었다. 쓰라리다. 그것은 그윽한 쾌감에 틀림없었다. 나는 혼곤히 잠이 든다.

나는 그러나 그런 이불 속의 사색 생활에서도 적극적인 것을 궁리하는 법이 없다. 내게는 그럴 필요가 대체 없었다. 만일 내가 그런 좀 적극적인 것을 궁리해내었을 경우에 나는 반드시 내 아내와 의논하여야 할 것이고, 그러면 반드시 나는 아내에게 꾸지람을 들을 것이고… 나는 꾸지람이 무서웠다느니 보다는 성가셨다. 내가 제법 한 사람의 사회인의 자격으로 일을 해 보는 것도 아내에게 사설 듣는 것도 나는 가장 게으른 동물처럼 게으른 것이 좋았다. 될 수만 있으면 이 무의미한 인간의 탈을 벗어 버리고도 싶었다.

나에게는 인간 사회가 스스러웠다. 생활이 스스러웠다. 모두가 서먹서먹할 뿐이었다.

아내는 하루에 두 번 세수를 한다.

나는 하루 한 번도 세수를 하지 않는다.

나는 밤중 세 시나 네 시쯤 해서 변소에 갔다.

달이 밝은 밤에는 한참씩 마당에 우두커니 섰다가 들어오곤 한다. 그러니까 나는 이 18 가구의 아무와도 얼굴이 마주치는 일이 거의 없다. 그러면서도 나는 이 18 가구의 젊은 여인네 얼굴들을 거반 다 기억하고 있었다. 그들은 하나같이 내 아내만 못하였다.

열한 시쯤 해서 하는 아내의 첫 번 세수는 좀 간단하다. 그러나 저녁 일곱 시쯤 해서 하는 두 번째 세수는 손이 많이 간다. 아내는 낮에 보다도 밤에 더 좋고 깨끗한 옷을 입는다. 그리고 낮에도 외출하고 밤에도 외출하였다.

아내에게 직업이 있었던가? 나는 아내의 직업이 무엇인지 알 수 없다. 만일 아내에게 직업이 없었다면 같이 직업이 없는 나처럼 외출할 필요가 생기지 않을 것인데… 아내는 외출한다. 외출할 뿐만 아니라 내객이 많다. 아내에게 내객이 많은 날은 나는 온종일 내 방에서 이불을 쓰고 누워 있어야만 된다.

불장난도 못한다. 화장품 냄새도 못 맡는다. 그런 날은 나는 의식적으로 우울해 하였다. 그러면 아내는 나에게 돈을 준다. 오십 전짜리 은화다. 나는 그것이 좋았다.

그러나 그것을 무엇에 써야 옳을지 몰라서 늘 머리맡에 던져 두고 두고 한 것이 어느 결에 모여서 꽤 많아졌다. 어느 날 이것을 본 아내는 금고처럼 생긴 벙어리를 사다 준다.

나는 한 푼씩 한 푼씩 그 속에 넣고 열쇠는 아내가 가져갔다. 그 후에도 나는 더러 은화를 그 벙어리에 넣은 것을 기억한다. 그리고 나는 게을렀다. 얼마 후 아내의 머리 쪽에 보지 못하던 누깔잠*이 하나 여드름처럼 돋았던 것은 바로 그 금고형 벙어리의 무게가 가벼워졌다는 증거일까. 그러나 나는 드디어 머리맡에 놓았던 그 벙어리에 손을 대지 않고 말았다. 내 게으름은 그런 것에 내 주의를 환기시키기도 싫었다.

아내에게 내객이 있는 날은 이불 속으로 암만 깊이 들어가도 비오는 날만큼 잠이 잘 오지 않았다. 나는 그런 때 나에게 왜 늘 돈이 있나 왜 돈이 많은가를 연구했다. 내객들은 장지 저쪽에 내가 있는 것을 모르나보다. 내 아내와 나도 좀 하기 어려운 농을 아주 서슴지 않고 쉽게 해 던지는 것이다. 그러나 내 아내를 찾은 서너 사람의 내객들은 늘 비교적 점잖았다고 볼 수 있는 것이, 자정이 좀 지나면 으레 돌아들 갔다.

그들 가운데에는 퍽 교양이 얕은 자도 있는 듯싶었는데, 그런 자는 보통 음식을 사다 먹고 논다.

---

* 누깔잠: 눈깔비녀. 비녀의 일종.

그래서 보충을 하고 대체로 무사하였다. 나는 우선 아내의 직업이 무엇인가를 연구하기에 착수하였으나 좁은 시야와 부족한 지식으로는 이것을 알아내기 힘이 든다. 나는 끝끝내 내 아내의 직업이 무엇인가를 모르고 말려나보다.

아내는 늘 진솔 버선*만 신었다. 아내는 밥도 지었다. 아내가 밥을 짓는 것을 나는 한 번도 구경한 일은 없으나 언제든지 끼니때면 내 방으로 내 조석밥을 날라다 주는 것이다. 우리 집에는 나와 내 아내 외의 다른 사람은 아무도 없다. 이 밥은 분명 아내가 손수 지었음에 틀림없다.

그러나 아내는 한 번도 나를 자기 방으로 부른 일은 없다. 나는 늘 윗방에서나 혼자서 밥을 먹고 잠을 잤다.

밥은 너무 맛이 없었다. 반찬이 너무 엉성하였다. 나는 닭이나 강아지처럼 말없이 주는 모이를 넓적넓적 받아먹기는 했으나 내심 야속하게 생각한 적도 더러 없지 않다.

나는 안색이 여지없이 창백해가면서 말라 들어갔다. 나날이 눈에 보이듯이 기운이 줄어들었다. 영양부족으로 하여 몸뚱이 곳곳의 뼈가 불쑥불쑥 내어 밀었다. 하룻밤 사이에도 수십 차를 돌쳐 눕지 않고는 여기저기가 배겨서 나는 배겨낼 수가 없었다.

---

* 진솔 버선: 한 번도 빨지 않은 새 버선.

그렇기 때문에 나는 내 이불 속에서 아내가 늘 흔히 쓸 수 있는 저 돈의 출처를 탐색해 내는 일변 장지 틈으로 새어나오는 아랫방의 음성은 무엇일까를 간단히 연구하였다.

나는 잠이 잘 안 왔다.

깨달았다. 아내가 쓰는 그 돈은 내게는 다만 실없는 사람들로밖에 보이지 않는 까닭 모를 내객들이 놓고 가는 것이 틀림없으리라는 것을 깨달았다.

그러나 왜 그들 내객은 돈을 놓고 가나? 왜 내 아내는 그 돈을 받아야 되나? 하는 예의 관념이 내게는 도무지 알 수 없는 것이었다.

그것은 그저 예의에 지나지 않는 것일까? 그렇지 않으면 혹 무슨 대가일까? 보수일까? 내 아내가 그들의 눈에는 동정을 받아야만 할 한 가엾은 인물로 보였던가? 이런 것들을 생각하노라면 으레 내 머리는 그냥 혼란하여 버리고 버리고 하였다. 잠들기 전에 획득했다는 결론이 오직 불쾌하다는 것뿐이었으면서도 나는 그런 것을 아내에게 물어 보거나 한 일이 참 한 번도 없다. 그것은 대체 귀찮기도 하려니와 한잠 자고 일어나는 나는 사뭇 딴 사람처럼 이것도 저것도 다 깨끗이 잊어버리고 그만 두는 까닭이다.

내객들이 돌아가고, 혹 외출에서 돌아오고 하면 아내는 간편한 것으로 옷을 바꾸어 입고 내 방으로 나를 찾아온다. 그리고 이불을 들치고 내 귀에는 영 생동생동한 몇 마디 말로 나를 위로하려든다. 나는 조소도 고소도 홍소도 아닌 웃음을 얼굴에 띠고 아내의 아름다운 얼굴을 쳐다본다. 아내는 방그레 웃는다. 그러나 그 얼굴에 떠도는 일말의 애수를 나는 놓치지 않는다.

아내는 능히 내가 배고파하는 것을 눈치 챌 것이다. 그러나 아랫방에서 먹고 남은 음식을 나에게 주려 들지는 않는다. 그것은 어디까지든지 나를 존경하는 마음일 것임에 틀림없다. 나는 배가 고프면서도 적이 마음이 든든한 것을 좋아했다. 아내가 무엇이라고 지껄이고 갔는지 귀에 남아 있을 리가 없다. 다만 내 머리맡에 아내가 놓고 간 은화가 전등불에 흐릿하게 빛나고 있을 뿐이다.

고 금고형 벙어리 속에 은화가 얼마만큼이나 모였을까? 나는 그러나 그것을 쳐들어 보지 않았다. 그저 아무런 의욕도 기원도 없이 그 단추 구멍처럼 생긴 틈바구니로 은화를 떨어뜨려 둘 뿐이었다.

왜 아내의 내객들이 아내에게 돈을 놓고 가나 하는 것이 풀 수 없는 의문인 것같이, 왜 아내는 나에게 돈을 놓고 가나 하는 것도 역시 나에게는 똑같이 풀 수 없는 의문이었다.

내 비록 아내가 내게 돈을 놓고 가는 것이 싫지 않았다 하더라도 그것은 다만 고것이 내 손가락 닿는 순간에서부터 고 벙어리 주둥이에서 자취를 감추기까지의 하잘 것 없는 짧은 촉각이 좋았달 뿐이지 그 이상 아무 기쁨도 없다.

어느 날 나는 고 벙어리를 변소에 갖다 넣어 버렸다. 그 때 벙어리 속에는 몇 푼이나 되는지 모르겠으나 고 은화들이 꽤 들어 있었다.

나는 내가 지구 위에 살며 내가 이렇게 살고 있는 지구가 질풍신뢰의 속력으로 광대무변의 공간을 달리고 있다는 것을 생각했을 때 참 허망하였다. 나는 이렇게 부지런한 지구 위에서는 현기증도 날 것 같고 해서 한시바삐 내려 버리고 싶었다.

이불 속에서 이런 생각을 하고 난 뒤에는 나는 고 은화를 고 벙어리에 넣고 넣고 하는 것조차 귀찮아졌다. 나는 아내가 손수 벙어리를 사용하였으면 하고 생각하였다.

벙어리도 돈도 사실은 아내에게만 필요한 것이지 내게는 애초부터 의미가 전연 없는 것이었으니까 될 수만 있으면 그 벙어리를 아내는 아내 방으로 가져갔으면 하고 기다렸다.

그러나 아내는 가져가지 않는다. 나는 내가 아내 방으로 가져다 둘까 하고 생각하여 보았으나 그 즈음에는 아내의 내객이 워

낙 많아서 내가 아내 방에 가 볼 기회가 도무지 없었다. 그래서 나는 하는 수 없이 변소에 갖다 집어넣어 버리고 만 것이다.

나는 서글픈 마음으로 아내의 꾸지람을 기다렸다. 그러나 아내는 끝내 아무 말도 하지 않았다. 않았을 뿐 아니라 여전히 돈은 돈대로 머리맡에 놓고 가지 않나! 내 머리맡에는 어느덧 은화가 꽤 많이 모였다.

내객이 아내에게 돈을 놓고 가는 것이나 아내가 내게 돈을 놓고 가는 것이나 일종의 쾌감… 그 외의 다른 아무런 이유도 없는 것이 아닐까 하는 것을 나는 또 이불 속에서 연구하기 시작하였다.

쾌감이라면 어떤 종류의 쾌감일까를 계속하여 연구하였다. 그러나 그것은 이불 속의 연구로는 알 길이 없었다. 쾌감, 쾌감, 하고 나는 뜻밖에도 이 문제에 대해서만 흥미를 느꼈다.

아내는 물론 나를 늘 감금하여 두다시피 하여 왔다. 내게 불평이 있을 리 없다. 그런 중에도 나는 그 쾌감이라는 것의 유무를 체험하고 싶었다.

나는 아내의 밤 외출 틈을 타서 밖으로 나왔다. 나는 거리에서 잊어버리지 않고 가지고 나온 은화를 지폐로 바꾼다. 오 원이나 된다. 그것을 주머니에 넣고 나는 목적지를 잃어버리기 위하여 얼마든지 거리를 쏘다녔다. 오래간만에 보는 거리는 거의 경이에 가까울 만큼 내 신경을 흥분시키지 않고는 마지않았다. 나는 금시에 피곤하여 버렸다.

그러나 나는 참았다. 그리고 밤이 이슥하도록 까닭을 잃어버린 채 이 거리 저 거리로 지향 없이 헤매었다. 돈은 물론 한 푼도 쓰지 않았다. 돈을 쓸 아무 엄두도 나서지 않았다. 나는 벌써 돈을 쓰는 기능을 완전히 상실한 것 같았다.

나는 과연 피로를 이 이상 견디기가 어려웠다. 나는 가까스로 내 집을 찾았다. 나는 내 방을 가려면 아내 방을 통과하지 않으면 안 될 것을 알고, 아내에게 내객이 있나 없나를 걱정하면서 미닫이 앞에서 좀 거북살스럽게 기침을 한 번 했더니, 이것은 참 또 너무도 암상스럽게 미닫이가 열리면서 아내의 얼굴과 그 등 뒤에 낯설은 남자의 얼굴이 이쪽을 내다보는 것이다. 나는 별안간 내어 쏟아지는 불빛에 눈이 부셔서 좀 머뭇머뭇했다.

나는 아내의 눈초리를 못 본 것은 아니다. 그러나 나는 모른 체하는 수 밖에 없었다.

왜? 나는 어쨌든 아내의 방을 통과하지 아니하면 안 되니까….

나는 이불을 뒤집어썼다. 무엇보다도 다리가 아파서 견딜 수가 없었다.

이불 속에서는 가슴이 울렁거리면서 암만해도 까무러칠 것만 같았다. 걸을 때는 몰랐더니 숨이 차다. 등에 식은땀이 쭉 내배인다. 나는 외출한 것을 후회하였다. 이런 피로를 잊고 어서 잠이 들었으면 좋았다. 한잠 잘 자고 싶었다.

얼마동안이나 비스듬히 엎드려 있었더니 차츰차츰 뚝딱 거리는 가슴 동계가 가라앉는다. 그만해도 우선 살 것 같았다. 나는 몸을 들쳐 반듯이 천장을 향하여 눕고 쭈욱 다리를 뻗었다.

그러나 나는 또 다시 가슴의 동계를 피할 수 없게 되었다. 아랫방에서 아내와 그 남자의 내 귀에도 들리지 않을 만큼 낮은 목소리로 소곤거리는 기척이 장지 틈으로 전하여 왔던 것이다. 청각을 더 예민하게 하기 위하여 나는 눈을 떴다. 그리고 숨을 죽였다.

그러나 그 때는 벌써 아내와 남자는 앉았던 자리를 툭툭 털고 일어섰고 일어서면서 옷과 모자 쓰는 기척이 나는 듯하더니 이어 미닫이가 열리고 구두 뒤축 소리가 나고 그리고 뜰에 내려서는 소리가 쿵 하고 나면서 뒤를 따르는 아내의 고무신 소리가 두어 발짝 찍찍나고 사뿐사뿐 나나하는 사이에 두 사람의 발소리가 대문 쪽으로 사라졌다.

나는 아내의 이런 태도를 본 일이 없다. 아내는 어떤 사람과도 결코 소곤거리는 법이 없다. 나는 윗방에서 이불을 쓰고 누웠는 동안에도 혹 술이 취해서 혀가 잘 돌아가지 않는 내객들의 담화는 더러 놓치는 수가 있어도 아내의 높지도 낮지도 않은 말소리는 일찍이 한마디도 놓쳐 본 일이 없다.

더러 내 귀에 거슬리는 소리가 있어도 나는 그것이 태연한 목소리로 내 귀에 들렸다는 이유로 충분히 안심이 되었다.

그렇던 아내의 이런 태도는 필시 그 속에 여간하지 않은 사정이 있는 듯 시피 생각이 되고 내 마음은 좀 서운했으나 그보다도 나는 좀 너무 피로해서 오늘만은 이불 속에서 아무것도 연구하지 않기로 굳게 결심하고 잠을 기다렸다. 낮잠은 좀처럼 오지 않았다. 대문간에 나간 아내도 좀처럼 들어오지 않았다. 그러는 동안에 흐지부지 나는 잠이 들어 버렸다. 꿈이 얼쑹덜쑹 종을 잡을 수 없는 거리의 풍경을 여전히 헤매었다.

나는 몹시 흔들렸다. 내객을 보내고 들어온 아내가 잠든 나를 잡아 흔드는 것이다. 나는 눈을 번쩍 뜨고 아내의 얼굴을 쳐다보았다. 아내의 얼굴에는 웃음이 없다. 나는 좀 눈을 비비고 아내의 얼굴을 자세히 보았다. 노기가 눈초리에 떠서 얇은 입술이 바르르 떨린다. 좀처럼 이 노기가 풀리기는 어려울 것 같았다. 나는 그대로 눈을 감아 버렸다. 벼락이 내리기를 기다린 것이다. 그러나 쌔근 하는 숨소리가 나면서 부스스 아내의 치맛자락 소리가 나고 장지가 여닫히며 아내는 아내 방으로 돌아갔다.

나는 다시 몸을 돌쳐 이불을 뒤집어쓰고는 개구리처럼 엎드리고 엎드려서 배가 고픈 가운데도 오늘 밤의 외출을 또 한 번 후회하였다.

나는 이불 속에서 아내에게 사죄하였다. 그것은 네 오해라고… 나는 사실 밤이 퍽으나 이슥한 줄만 알았던 것이다. 그것이 네 말마따나 자정 전인지는 정말이지 꿈에도 몰랐다. 나는 너무 피곤하였다. 오래간만에 나는 너무 많이 걸은 것이 잘못이다.

내 잘못이라면 잘못은 그것 밖에 없다. 외출은 왜 하였더냐고? 나는 그 머리맡에 저절로 모인 오 원 돈을 아무에게라도 좋으니 주어보고 싶었던 것이다. 그 뿐이다. 그러나 그것도 내 잘못이라면 나는 그렇게 알겠다. 나는 후회하고 있지 않나? 내가 그 오 원 돈을 써 버릴 수가 있었던들 나는 자정 안에 집에 돌아올 수 없었을 것이다. 그러나 거리는 너무 복잡하였고 사람은 너무도 들끓었다. 나는 어느 사람을 붙들고 그 오 원 돈을 내어 주어야할지 갈피를 잡을 수가 없었다. 그러는 동안에 나는 여지없이 피곤해 버리고 말았던 것이다.

나는 무엇보다도 좀 쉬고 싶었다. 눕고 싶었다. 그래서 나는 하는 수 없이 집으로 돌아온 것이다. 내 짐작 같아서는 밤이 어지간히 늦은 줄만 알았는데, 그것이 불행히도 자정 전이었다는 것은 참 안된 일이다. 미안한 일이다. 나는 얼마든지 사죄하여도 좋다. 그러나 종시 아내의 오해를 풀지 못하였다 하면 내가 이렇게까지 사죄하는 보람은 그럼 어디 있나? 한심하였다.

한 시간 동안을 나는 이렇게 초조하게 굴지 않으면 안 되었다. 나는 이불을 홱 젖혀 버리고 일어나서 장지를 열고 아내 방으로 비칠비칠 달려갔던 것이다. 내게는 거의 의식이라는 것이 없었다.

나는 아내 이불 위에 엎드러지면서 바지 포켓 속에서 그 돈 오 원을 꺼내 아내 손에 쥐어 준 것을 간신히 기억할 뿐이다.

이튿날 잠이 깨었을 때 나는 내 아내 방 아내 이불 속에 있었다. 이것이 이 33번지에서 살기 시작한 이래 내가 아내 방에서 잔 맨 처음이었다.

해가 들창에 훨씬 높았는데 아내는 이미 외출하고 벌써 내 곁에 있지는 않다. 아니! 아내는 엊저녁 내가 의식을 잃은 동안에 외출한 것인지도 모른다. 그러나 나는 그런 것을 조사하고 싶지 않았다. 다만 전신이 찌뿌드드한 것이 손가락 하나 꼼짝할 힘조차 없었다. 책보보다 좀 작은 면적의 볕이 눈이 부시다. 그 속에서 수없이 먼지가 흡사 미생물처럼 난무한다. 코가 콱 막히는 것 같다. 나는 다시 눈을 감고 이불을 푹 뒤집어쓰고 낮잠을 자기에 착수하였다. 그러나 코를 스치는 아내의 체취는 꽤 도발적이었다. 나는 몸을 여러번 여러번 비비꼬면서 아내의 화장대에 늘어선 고 가지각색 화장품 병들의 마개를 뽑았을 때 풍기는 냄새를 더듬느라고 좀처럼 잠은 들지 않는 것을 나는 어찌하는 수도 없었다.

견디다 못하여 나는 그만 이불을 걷어차고 벌떡 일어나서 내 방으로 갔다. 내 방에는 다 식어 빠진 내 끼니가 가지런히 놓여 있는 것이다. 아내는 내 모이를 여기다 두고 나간 것이다. 나는 우선 배가 고팠다. 한 숟갈을 입에 떠 넣었을 때 그 촉감은 참 너무도 냉회와 같이 써늘하였다. 나는 숟갈을 놓고 내 이불 속으로 들어갔다. 하룻밤을 비었던 내 이부자리는 여전히 반갑게 나를 맞아 준다. 나는 내 이불을 뒤집어쓰고 이번에는 참 늘어지게 한잠 잤다. 잘….

내가 잠을 깬 것은 전등이 켜진 뒤다. 그러나 아내는 아직도 돌아오지 않았나보다.

아니! 돌아왔다 또 나갔는지 알 수 없다. 그러나 그런 것을 상고하여 무엇하나? 정신이 한결 난다. 나는 밤일을 생각해 보았다. 그 돈 오 원을 아내 손에 쥐어 주고 넘어졌을 때에 느낄 수 있었던 쾌감을 나는 무엇이라고 설명할 수가 없었다. 그러나 내객들이 내 아내에게 돈 놓고 가는 심리며 내 아내가 내게 돈 놓고 가는 심리의 비밀을 나는 알아낸 것 같아서 여간 즐거운 것이 아니다.

나는 속으로 빙그레 웃어 보았다.

이런 것을 모르고 오늘까지 지내온 내 자신이 어떻게 우스꽝스럽게 보이는지 몰랐다.

따라서 나는 또 오늘 밤에도 외출하고 싶었다. 그러나 돈이 없다. 나는 또 엊저녁에 그 돈 오 원을 한꺼번에 아내에게 주어 버린 것을 후회하였다. 또 고 벙어리를 변소에 갖다 쳐 넣어 버린 것도 후회하였다. 나는 실없이 실망하면서 습관처럼 그 돈 오 원이 들어 있던 내 바지 포켓에 손을 넣어 한번 휘둘러보았다. 뜻밖에도 내 손에 쥐어지는 것이 있었다. 이 원 밖에 없다. 그러나 많아야 맛은 아니다. 얼마간이고 있으면 된다. 나는 그만한 것이 여간 고마운 것이 아니었다.

나는 기운을 얻었다. 나는 그 단벌 다 떨어진 골덴 양복을 걸치고 배고픈 것도 주제 사나운 것도 다 잊어버리고 활갯짓을 하면서 또 거리로 나섰다. 나서면서 나는 제발 시간이 화살 단듯해서 자정 이어서 홱 지나 버렸으면 하고 조바심을 태웠다. 아내에게 돈을 주고 아내 방에서 자 보는 것은 어디까지든지 좋았지만 만일 잘못해서 자정 전에 집에 들어갔다가 아내의 눈총을

맞는 것은 그것은 여간 무서운 일이 아니었다.

나는 저물도록 길가 시계를 들여다보고, 들여다보고 하면서 또 지향 없이 거리를 방황하였다. 그러나 이날은 좀처럼 피곤하지는 않았다. 다만 시간이 좀 너무 더디게 가는 것만 같아서 안타까웠다.

경성역京城驛 시계가 확실히 자정을 지난 것을 본 뒤에 나는 집을 향하였다. 그날은 그 일각 대문에서 아내와 아내의 남자가 이야기하고 섰는 것을 만났다. 나는 모른 체하고 두 사람 곁을 지나서 내 방으로 들어갔다. 뒤이어 아내도 들어왔다. 와서는 이 밤중에 평생 안 하던 쓰레질을 하는 것이었다. 조금 있다가 아내가 눕는 기척을 엿보자마자 나는 또 장지를 열고 아내 방으로 가서 그 돈 이 원을 아내 손에 덥석 쥐어 주고 그리고… 하여간 그 이 원을 오늘 밤에도 쓰지 않고 도로 가져 온 것이 참 이상하다는 듯이 아내는 내 얼굴을 몇 번이고 엿보고… 아내는 드디어 아무 말도 없이 나를 자기 방에 재워 주었다. 나는 이 기쁨을 세상의 무엇과도 바꾸고 싶지는 않았다.

나는 편히 잘 잤다.

이튿날도 내가 잠이 깨었을 때는 아내는 보이지 않았다. 나는 또 내 방으로 가서 피곤한 몸이 낮잠을 잤다. 내가 아내에게 흔들려 깨었을 때는 역시 불이 들어온 뒤였다. 아내는 자기 방으로 나를 오라는 것이다. 이런 일은 또 처음이다. 아내는 끊임없이 얼굴에 미소를 띠고 내 팔을 이끄는 것이다. 나는 이런 아내의 태도 이면에 엔간치 않은 음모가 숨어 있지나 않은가 하고 적이 불안을 느끼지 않을 수 없었다.

나는 아내의 하자는 대로 아내의 방으로 끌려갔다. 아내 방에는 저녁 밥상이 조촐하게 차려져 있는 것이다. 생각하여 보면 나는 이틀을 굶었다. 나는 지금 배고픈 것까지도 긴가민가 잊어버리고 어름어름하던 차다.

나는 생각하였다. 이 최후의 만찬을 먹고 나자마자 벼락이 내려도 나는 차라리 후회하지 않을 것을. 사실 나는 인간 세상이 너무나 심심해서 못 견디겠던 차다. 모든 것이 성가시고 귀찮았으나 그러나 불의의 재난이라는 것은 즐겁다.

나는 마음을 턱 놓고 조용히 아내와 마주 이 해괴한 저녁밥을 먹었다.

우리 부부는 이야기하는 법이 없었다. 밥을 먹은 뒤에도 나는 말이 없이 부스스 일어나서 내 방으로 건너가 버렸다. 아내는 나를 붙잡지 않았다. 나는 벽에 기대어 앉아서 담배를 한 대 피워 물고 그리고 벼락이 떨어질 테거든 어서 떨어져라 하고 기다렸다.

오 분! 십 분!

그러나 벼락은 내리지 않았다. 긴장이 차츰 풀어지기 시작한다. 나는 어느덧 오늘 밤에도 외출할 것을 생각하고 있었다. 돈이 있었으면 하고 생각하고 있었다.

그러나 돈은 확실히 없다. 오늘은 외출하여도 나중에 올 무슨 기쁨이 있나? 내 앞이 그저 아뜩하였다. 나는 화가 나서 이불을 뒤집어쓰고 이리 뒹굴 저리 뒹굴 굴렀다. 금시 먹은 밥이 목으로 자꾸 치밀어 올라온다. 메스꺼웠다.

하늘에서 얼마라도 좋으니 왜 지폐가 소낙비처럼 퍼붓지 않나? 그것이 그저 한없이 야속하고 슬펐다.

나는 이렇게 밖에 돈을 구하는 아무런 방법도 알지는 못했다. 나는 이불 속에서 좀 울었나 보다.

왜 없느냐면서….

그랬더니 아내가 또 내 방에를 왔다. 나는 깜짝 놀라 아마 이제서야 벼락이 내리려나보다 하고 숨을 죽이고 두꺼비 모양으로 엎드려 있었다. 그러나 떨어진 입을 새어나오는 아내의 말소리는 참 부드러웠다. 정다웠다. 아내는 내가 왜 우는지를 안다는 것이다. 돈이 없어서 그러는 게 아니란다.

나는 실없이 깜짝 놀랐다. 어떻게 사람의 속을 환하게 들여다보는고 해서 나는 한편으로 슬그머니 겁도 안 나는 것은 아니었으나 저렇게 말하는 것을 보면 아마 내게 돈을 줄 생각이 있나 보다. 만일 그렇다면 오죽이나 좋은 일일까. 나는 이불 속에 뚤뚤 말린 채 고개도 들지 않고 아내의 다음 거동을 기다리고 있으니까 "옜소" 하고 내 머리맡에 내려뜨리는 것은 그 가뿐한 음향으로 보아 지폐에 틀림없었다. 그리고 내 귀에다 대고 오늘일랑 어제보다도 늦게 돌아와도 좋다고 속삭이는 것이다.

그것은 어렵지 않다. 우선 그 돈이 무엇보다도 고맙고 반가웠다.

어쨌든 나섰다. 나는 좀 야맹증이다. 그래서 될 수 있는 대로 밝은 거리로 돌아다니기로 했다.

그리고는 경성역 일 이등 대합실 한 곁 티이루움에를 들렀다. 그것은 내게는 큰 발견이었다. 거기는 우선 아무도 아는 사람이 안 온다. 설사 왔다가도 곧 돌아가니까 좋다. 나는 날마다 여기 와서 시간을 보내리라 속으로 생각하여 두었다. 제일 여기 시계가 어느 시계보다도 정확하리라는 것이 좋았다. 섣불리 서투른 시계를 보고 그것을 믿고 시간 전에 집에 돌아갔다가 큰 코를 다쳐서는 안 된다.

나는 한 복스에 아무것도 없는 것과 마주 앉아서 잘 끓은 커피를 마셨다. 총총한 가운데 여객들은 그래도 한 잔 커피가 즐거운가보다. 얼른얼른 마시고 무얼 좀 생각하는 것같이 담벼락도 좀 쳐다보고 하다가 곧 나가 버린다. 서글프다. 그러나 내게는 이 서글픈 분위기가 거리의 티이루움들의 그 거추장스러운 분위기보다는 절실하고 마음에 들었다. 이따금 들리는 날카로운 혹은 우렁찬 기적 소리가 모오짜르트보다도 더 가깝다.

나는 메뉴에 적힌 몇 가지 안 되는 음식 이름을 치읽고 내리읽고 여러 번 읽었다. 그 것들은 아물아물하는 것이 어딘가 내 어렸을 때 동무들 이름과 비슷한 데가 있었다.

거기서 얼마나 내가 오래 앉았는지 정신이 오락가락하는 중에 객이 슬며시 뜸해지면서 이 구석 저 구석 걷어치우기 시작하는 것을 보면 아마 닫는 시간이 된 모양이다. 열 한 시가 좀 지났구나. 여기도 결코 내 안주의 곳은 아니구나, 어디 가서 자정을 넘길까? 두루 걱정을 하면서 나는 밖으로 나섰다. 비가 온다.

빗발이 제법 굵은 것이 우비도 우산도 없는 나를 고생을 시킬 작정이다. 그렇다고 이런 괴이한 풍모를 차리고 이 홀에서 어물어물하는 수도 없고 에이 비를 맞으면 맞았지 하고 그냥 나서 버렸다.

대단히 선선해서 견딜 수가 없다. 골덴 옷이 젖기 시작하더니 나중에는 속속들이 스며들면서 추근거린다. 비를 맞아 가면서라도 견딜 수 있는 데까지 거리를 돌아다녀서 시간을 보내려 하였으나, 인제는 선선해서 이 이상은 더 견딜 수가 없다. 오한이 자꾸 일어나면서 이가 딱딱 맞부딪는다. 나는 걸음을 늦추면서 생각하였다. 오늘 같은 궂은 날도 아내에게 내객이 있을라구? 없겠지, 하는 생각이 드는 것이다.

집으로 가야겠다. 아내에게 불행히 내객이 있거든 내 사정을 하리라. 사정을 하면 이렇게 비가 오는 것을 눈으로 보고 알아주겠지.

부리나케 와 보니까 그러나 아내에게는 내객이 있었다. 나는 너무 춥고 척척해서 얼떨김에 노크하는 것을 잊었다. 그래서 나는 보면 아내가 덜 좋아할 것을 그만 보았다.

나는 감발자국 같은 발자국을 내면서 덤벙덤벙 아내 방을 디디고 내 방으로 가서 쭉 빠진 옷을 활활 벗어 버리고 이불을 뒤썼다. 덜덜덜덜 떨린다. 오한이 점점 더 심해 들어온다. 여전 땅이 꺼져 들어가는 것만 같았다. 나는 그만 의식을 잃어버리고 말았다.

이튿날 내가 눈을 떴을 때 아내는 내 머리맡에 앉아서 제법 근심스러운 얼굴이다.

나는 감기가 들었다. 여전히 으스스 춥고 또 골치가 아프고 입에 군침이 도는 것이 씁쓸하면서 다리, 팔이 척 늘어져서 노곤하다. 아내는 내 머리를 쓱 짚어 보더니 약을 먹어야지 한다. 아내 손이 이마에 선뜻한 것을 보면 신열이 어지간한 모양인데 약을 먹는다면 해열제를 먹어야지 하고 속생각을 하자니까 아내는 따뜻한 물에 하얀 정제 약 네 개를 준다. 이것을 먹고 한잠 푹 자고 나면 괜찮다는 것이다. 나는 널름 받아먹었다. 쌉싸름한 것이 짐작 같아서는 아마 아스피린인가 싶다.

나는 다시 이불을 쓰고 단번에 그냥 죽은 것처럼 잠이 들어버렸다.

나는 콧물을 훌쩍훌쩍 하면서 여러 날을 앓았다. 앓는 동안에 끊이지 않고 그 정제 약을 먹었다.

그러는 동안에 감기도 나았다. 그러나 입맛은 여전히 소태처럼 썼다.

나는 차츰 또 외출하고 싶은 생각이 났다. 그러나 아내는 나더러 외출하지 말라고 이르는 것이다. 이 약을 날마다 먹고 그리고 가만히 누워 있으라는 것이다. 공연히 외출을 하다가 이렇게 감기가 들어서 저를 고생시키는 게 아니란다. 그도 그렇다. 그럼 외출을 하지 않겠다고 맹세하고 그 약을 연복하여 몸을 좀 보해 보리라고 나는 생각하였다.

나는 날마다 이불을 뒤집어쓰고 밤이나 낮이나 잤다. 유난스럽게 밤이나 낮이나 졸려서 견딜 수가 없는 것이다. 나는 이렇게 잠이 자꾸만 오는 것은 내가 몸이 훨씬 튼튼해진 증거라고 굳게 믿었다.

나는 아마 한 달이나 이렇게 지냈나보다. 내 머리와 수염이 좀 너무 자라서 후틋해서 견딜 수가 없어서 내 거울을 좀 보리라고 아내가 외출한 틈을 타서 나는 아내 방으로 가서 아내의 화장대 앞에 앉아 보았다. 상당하다. 수염과 머리가 참 상당하였다.

오늘은 이발을 좀 하리라고 생각하고 겸사겸사 고 화장품 병들 마개를 뽑고 이것저것 맡아 보았다. 한동안 잊어버렸던 향기 가운데서는 몸이 배배 꼬일 것 같은 체취가 전해 나왔다. 나는 아내의 이름을 속으로만 한 번 불러 보았다. "연심이…" 하고… 오래간만에 돋보기 장난도 하였다. 거울 장난도 하였다. 창에 든 볕이 여간 따뜻한 것이 아니었다. 생각하면 오월이 아니냐.

나는 커다랗게 기지개를 한 번 켜 보고 아내 베개를 내려 베고 벌떡 자빠져서는 이렇게도 편안하고 즐거운 세월을 하느님께 흠씬 자랑하여 주고 싶었다. 나는 참 세상의 아무것과도 교섭을 가지지 않는다. 하느님도 아마 나를 칭찬할 수도 처벌할 수도 없는 것 같다.

그러나 다음 순간 실로 세상에도 이상스러운 것이 눈에 띄었다. 그것은 최면 약 아달린 갑이었다.

나는 그것을 아내의 화장대 밑에서 발견하고 그것이 흡사 아스피린처럼 생겼다고 느꼈다. 나는 그 것을 열어 보았다. 꼭 네

개가 비었다.

나는 오늘 아침에 네 개의 아스피린을 먹은 것을 기억하고 있었다. 나는 잤다. 어제도 그제도 그끄제도… 나는 졸려서 견딜 수가 없었다. 나는 감기가 다 나았는데도… 아내는 내게 아스피린을 주었다. 내가 잠이 든 동안에 이웃에 불이 난 일이 있다. 그때에도 나는 자느라고 몰랐다.

이렇게 나는 잤다. 나는 아스피린으로 알고 그럼 한 달 동안을 두고 아달린을 먹어온 것이다.

이것은 좀 너무 심하다.

별안간 아뜩하더니 하마터면 나는 까무러칠 뻔하였다. 나는 그 아달린을 주머니에 넣고 집을 나섰다. 그리고 산을 찾아 올라갔다.

인간 세상의 아무것도 보기가 싫었던 것이다. 걸으면서 나는 아무쪼록 아내에 관계되는 일은 일체 생각하지 않도록 노력하였다. 길에서 까무러치기 쉬우니까다. 나는 어디라도 양지가 바른 자리를 하나 골라 자리를 잡아 가지고 서서히 아내에 관하여서 연구할 작정이었다. 나는 길가의 돌 장판, 구경도 못한 진개나리꽃, 종달새, 돌멩이도 새끼를 까는 이야기, 이런 것만 생각하였다. 다행히 길 가에서 나는 졸도하지 않았다.

거기는 벤치가 있었다. 나는 거기 정좌하고 그리고 그 아스피린과 아달린에 관하여 연구하였다.

그러나 머리가 도무지 혼란하여 생각이 체계를 이루지 않는다. 단 오 분이 못가서 나는 그만 귀찮은 생각이 번쩍 들면서 심술이 났다. 나는 주머니에서 가지고 온 아달린을 꺼내 남은 여섯 개를 한꺼번에 질겅질겅 씹어 먹어 버렸다. 맛이 익살맞다. 그러고 나서 나는 그 벤치 위에 가로 기다랗게 누웠다. 무슨 생각으로 내가 그 따위 짓을 했나, 알 수가 없다. 그저 그러고 싶었다. 나는 게서 그냥 깊이 잠이 들었다. 잠결에도 바위 틈으로 흐르는 물소리가 졸졸 하고 언제까지나 귀에 어렴풋이 들려 왔다.

내가 잠을 깨었을 때는 날이 환히 밝은 뒤다. 나는 거기서 일주야를 잔 것이다. 풍경이 그냥 노오랗게 보인다. 그 속에서도 나는 번개처럼 아스피린과 아달린이 생각났다.

아스피린, 아달린, 아스피린, 아달린, 마르크*, 말사스**, 마도로스, 아스피린, 아달린…… 아내는 한 달 동안 아달린을 아스피린이라고 속이고 내게 먹였다.

그것은 아내 방에서 이 아달린 갑이 발견된 것으로 미루어 증

---

* 마르크: 마르크스(Karl Marx). 공산주의운동의 창시자로 『자본론』의 저자.

** 말사스: 맬서스(Malthus). 영국의 경제학자. 인구론을 경제학의 중심으로 보았다.

거가 너무나 확실하다.

무슨 목적으로 아내는 나를 밤이나 낮이나 재웠어야 됐나? 나를 밤이나 낮이나 재워 놓고, 그리고 아내는 내가 자는 동안에 무슨 짓을 했나? 나를 조금씩 조금씩 죽이려던 것일까? 그러나 또 생각하여 보면 내가 한 달을 두고 먹어 온 것이 아스피린이었는지도 모른다. 아내는 무슨 근심되는 일이 있어서 밤이면 잠이 잘 오지 않아서 정작 아내가 아달린을 사용한 것이나 아닌지? 그렇다면 나는 참 미안하다. 나는 아내에게 이렇게 큰 의혹을 가졌다는 것이 참 안됐다.

나는 그래서 부리나케 거기서 내려왔다. 아랫도리가 홰홰 내어 저이면서 어찔어찔한 것을 나는 겨우 집을 향하여 걸었다. 여덟 시 가까이였다.

나는 내 잘못된 생각을 죄다 일러바치고 아내에게 사죄하려는 것이다. 나는 너무 급해서 그만 또 말을 잊어버렸다. 그랬더니 이건 참 큰일 났다. 나는 내 눈으로 절대로 보아서 안 될 것을 그만 딱 보아 버리고 만 것이다.

나는 얼떨결에 그만 냉큼 미닫이를 닫고 그리고 현기증이 나는 것을 진정시키느라고 잠깐 고개를 숙이고 눈을 감고 기둥을 짚고 섰자니까, 일 초 여유도 없이 홱 미닫이가 다시 열리더니 매무새를 풀어헤친 아내가 불쑥 내밀면서 내 멱살을 잡는 것이다. 나는 그만 어지러워서 게가 나둥그러졌다.

그랬더니 아내는 넘어진 내 위에 덮치면서 내 살을 함부로 물어뜯는 것이다. 아파 죽겠다. 나는 사실 반항할 의사도 힘도 없어서 그냥 넙적 엎드려 있으면서 어떻게 되나 보고 있자니까, 뒤이어 남자가 나오는 것 같더니 아내를 한 아름에 덥석 안아 가지고 방으로 들어가는 것이다. 아내는 아무 말 없이 다소곳이 그렇게 안겨 들어가는 것이 내 눈에 여간 미운 것이 아니다. 밉다.

아내는 너 밤새워 가면서 도둑질하러 다니느냐, 계집질하러 다니느냐고 발악이다. 이것은 참 너무 억울하다. 나는 어안이 벙벙하여 도무지 입이 떨어지지를 않았다. 너는 그야말로 나를 살해하려던 것이 아니냐고 소리를 한 번 꽥 질러 보고도 싶었으나, 그런 긴가민가한 소리를 섣불리 입 밖에 내었다가는 무슨 화를 볼는지 알 수 없다. 차라리 억울하지만 잠자코 있는 것이 우선 상책인 듯시피 생각이 들길래, 나는 이것은 또 무슨 생각으로 그랬는지 모르지만 툭툭 떨고 일어나서 내 바지 포켓 속에 남은 돈 몇 원, 몇십 전을 가만히 꺼내서는 몰래 미닫이를 열고 살며시 문지방 밑에다 놓고 나서는, 나는 그냥 줄 달음박질을 쳐서 나와 버렸다.

여러 번 자동차에 치일 뻔하면서 나는 그래도 경성역으로 찾아갔다. 빈자리와 마주 앉아서 이 쓰디쓴 입맛을 거두기 위하여 무엇으로나 입가심을 하고 싶었다.

커피! 좋다. 그러나 경성역 홀에 한 걸음 들여 놓았을 때 나는 내 주머니에는 돈이 한 푼도 없는 것을 그것을 깜박 잊었던 것을 깨달았다. 또 아뜩하였다. 나는 어디선가 그저 맥없이 머뭇머뭇하면서 어쩔 줄을 모를 뿐이었다. 얼빠진 사람처럼 그저 이리 갔다 저리 갔다 하면서….

나는 어디로 어디로 들입다 쏘다녔는지 하나도 모른다. 다만 몇 시간 후에 내가 미쓰꼬시* 옥상에 있는 것을 깨달았을 때는 거의 대낮이었다.

나는 거기 아무 데나 주저앉아서 내 자라 온 스물여섯 해를 회고하여 보았다. 몽롱한 기억 속에서는 이렇다는 아무 제목도 불거져 나오지 않았다.

나는 또 내 자신에게 물어 보았다. 너는 인생에 무슨 욕심이 있느냐고, 그러나 있다고도 없다고도 그런 대답은 하기가 싫었다. 나는 거의 나 자신의 존재를 인식하기조차도 어려웠다.

허리를 굽혀서 나는 그저 금붕어를 들여다보고 있었다. 금붕어는 참 잘들도 생겼다. 작은놈은 작은놈대로 큰놈은 큰놈대로

* 미쓰꼬시: 식민지시대에 서울에 있었던 백화점 이름. 지금의 신세계백화점.

다 싱싱하니 보기 좋았다. 내려 비치는 오월 햇살에 금붕어들은 그릇 바탕에 그림자를 내려뜨렸다. 지느러미는 하늘하늘 손수건을 흔드는 흉내를 낸다. 나는 이 지느러미 수효를 헤어 보기도 하면서 굽힌 허리를 좀처럼 펴지 않았다. 등이 따뜻하다.

나는 또 오탁의 거리를 내려다보았다. 거기서는 피곤한 생활이 똑 금붕어 지느러미처럼 흐늑흐늑 허우적거렸다. 눈에 보이지 않는 끈적끈적한 줄에 엉켜서 헤어나지들을 못한다. 나는 피로와 공복 때문에 무너져 들어가는 몸뚱이를 끌고 그 오탁의 거리 속으로 섞여 가지 않는 수도 없다 생각하였다.

나서서 나는 또 문득 생각하여 보았다. 이 발길이 지금 어디로 향하여 가는 것인가를… 그때 내 눈앞에는 아내의 모가지가 벼락처럼 내려 떨어졌다. 아스피린과 아달린.

우리들은 서로 오해하고 있느니라. 설마 아내가 아스피린 대신에 아달린의 정량을 나에게 먹여 왔을까? 나는 그것을 믿을 수는 없다. 아내가 대체 그럴 까닭이 없을 것이니, 그러면 나는 날밤을 새면서 도둑질을 계집질을 하였나? 정말이지 아니다.

우리 부부는 숙명적으로 발이 맞지 않는 절름발이인 것이다. 내나 아내나 제 거동에 로직을 붙일 필요는 없다. 변해할 필요도 없다. 사실은 사실대로 오해는 오해대로 그저 끝없이 발을 절뚝거리면서 세상을 걸어가면 되는 것이다. 그렇지 않을까?

그러나 나는 이 발길이 아내에게로 돌아가야 옳은가 이것만은 분간하기가 좀 어려웠다. 가야하나? 그럼 어디로 가나?

이때 뚜우 하고 정오 사이렌이 울었다. 사람들은 모두 네 활개를 펴고 닭처럼 푸드덕거리는 것 같고 온갖 유리와 강철과 대리석과 지폐와 잉크가 부글부글 끓고 수선을 떨고 하는 것 같은 찰나! 그야말로 현란을 극한 정오다.

나는 불현듯 겨드랑이가 가렵다. 아하, 그것은 내 인공의 날개가 돋았던 자국이다. 오늘은 없는 이 날개. 머릿속에서는 희망과 야심이 말소된 페이지가 딕셔너리 넘어가듯 번뜩였다.

나는 걷던 걸음을 멈추고 그리고 일어나 한 번 이렇게 외쳐보고 싶었다.

날개야 다시 돋아라.

날자. 날자. 한 번만 더 날자꾸나.

한 번만 더 날아 보자꾸나.

《『조광(朝光)』, 1936년》